Agnostikon hartauskirja

Agnostikon hartauskirja

Tuomas Korppi

©Tuomas Korppi 2019
Kustantaja: BoD – Books on Demand,
Helsinki, Suomi
Valmistaja: BoD – Books on Demand,
Norderstedt, Saksa
ISBN: 978-952-801-936-7

Sisältö

Argumentaatioanalyysi   9

Master of Reality 10

Pilvenpiirtäjä 11

Tiedeuskovainen 12

Ajassa 13

GOTO! 14

Totuus ei pala tulessakaan 15

Tellus 16

There is no spoon 17

Oikeasti olemassa oleva 18

Syntiinlankeemus 19

Filosofin perintö 20

Luoja 21

Raudan väki 22

Jumalan tuomio 23

Jumalan ilmoitus 24

Golem 25

Maanviljelyksen jumala 26

Luominen 27

Demiurgin harrastus 28

Maaginen antikvariaatti 29
Taivaankannen jumalatar 30
Vuonna 2018 31
Kiistakapula 32
SuperFlash 33
Ajan henki 34
Huonolainen 35
Välitilassa 36
Pimeys 37
Ergo sum 38
Kehitys 39
Mutta onko se totta? 40
Toisen ihmisen tieto 41
Uskovainen 42
Biohermeneutikko 43
Kestävää kehitystä 44
Ajoulupukisti 45
Juoksuhaudoissa ei ole ateisteja 46
Jumalainen keisari 47
Menneen ajan filosofi 48
Raamatullinen testi 49
Filosofin torni 50
Ekosysteemi 51
Laavalamppu 52
Korpifilosofi 53
Anatomic 54
Valinta 55
Tosikko 56
Suuri Moolo 57
Oletetuista hyödyistä 58
Uskosta luopuminen 59

Kuvittelusta 60
Isomorfismi 61
Tulevaisuus, joka ei sitten tullutkaan 62
Kokonaiskuva 63
Oivallus 64
Wittgensteinin tikanheitto 65
Anarkiaa 66
Jos homeopatia toimisi oikeasti 67
Voimaantunut 68
Mesenaatti 69
Veitsi 70
Uusi käsi 71
Kulttuuri-imperialisti 72
Räkäpallojumala 73
Kultainen sääntö 74
Teleport 75
Pienet ihmiset 76
Eettisiä hyödykkeitä 77
Reservaatti 78
Kullervo 79
Sukupolvelta toiselle 80
He eivät tiedä, mitä he tekevät 81
Babel 82
Salomo 83
Lastikultti 84
Pyhiä kirjoja 85
Joka julkisesti herjaa tai häpäisee 86
Hirtettävä 87
Kaksi kysymystä 88
Messias 89
Markuksen maailma 90

Väärin 91
Vallitsevaa ajattelua 92
Aito 93
Hyvyys, kauneus ja totuus 94
Sanoa sen olevan, mikä on 95
Yksilömoraali 96
Mammona 97
Fiiliksen kainalosauva 98
Tikkajumala 99
Auto 100
Torni 101
Taikuuden tiede 102
Tulkitsija 103
Tauhkaa 104
Luonnonjärjestys 105
Tulkki 106
Minä tulen kuin varas 107
Järki 108

Argumentaatioanalyysi

"Taas rikkiviisas nulikka kirjoittamassa yleisönosastolle", Vilho ajatteli ja sulki lehden. Kun kouluissa oltiin alettu opettaa virheetöntä argumentaatiota, Vilho oli pitänyt sitä taas yhtenä nykypedagogien ylilyöntinä. Hän ei ollut pystynyt kuvittelemaan, millaiseen katastrofiin se johti, kun argumentaatiota opiskelleet alkoivat aikuistuttuaan osallistua julkiseen keskusteluun.

Nulikoille mikään ei ollut pyhää. Olipa kyse yhteisistä arvoista, auktoriteeteista, yhteiskunnan sovituista pelisäännöistä, tai - herra paratkoon - uskonnosta, kaikki analysoitiin puhki samalla nokkavalla tyylillä. "Näsäviisaus on korvannut kunnioituksen", Vilho ajatteli.

Yhtä asiaa Vilho ei voinut ymmärtää: Kuinka oli mahdollista, että samalla kun julkisen keskustelun laatu ja sitä myöten poliittisten päätösten laatu oli romahtanut, elämälaatu oli kuitenkin lähtenyt hitaasti kohoamaan?

Master of Reality

Timo oli juuri valmistunut amerikkalaisesta yliopistosta. Hän oli suorittanut Master of Reality -tutkinnon. Tutkintoon oli kuulunut pelkästään kylmiä faktoja. Teoriaa tutkintoon ei ollut kuulunut ollenkaan, koska teoria väistämättä tuo spekulatiivisen komponentin selittämään havaintoja, ja minkäänlaista spekulatiivisuutta tai hypoteettisuutta ei oltu oppilaitoksessa suvaittu. Sosiaalisesti konstruoitu tieto oli tietenkin ollut kokonaan pannassa.

Graduaan varten Timo oli analysoinut kaikki bakteerikannat neliösenttimetrin alueelta tiskipöydältään ja kirjoittanut opinnäytteekseen taulukon analyysin tuloksista. Tutkimustulos oli tietysti täysin hyödytön, mutta tulos oli totista totta, ainakin kuvaamassa sitä lyhyttä hetkeä, jolloin näyte oltiin otettu.

Tutkinto oli vaatinut työtä, ja nyt oli aika rentoutua. Timo laittoi soimaan Black Sabbathin levyn.

Pilvenpiirtäjä

"Ei, pilvenpiirtäjän alin kerros ei voi olla pylväikkö", joudun sanomaan esteetikkotiimille, kun he esittelevät suunnitelmiaan. "Se ei kantaisi pilvenpiirtäjän painoa." Suunnittelemme kymmenen kilometrin korkuista pilvenpiirtäjää. Lujuustiimimme ei yrityksistä huolimatta ole löytänyt yhteistä kieltä esteetikkojen kanssa. Heidän suunnitelmansa ovat epärealistisia. Lujuustiimin ja esteetikkotiimin lisäksi meillä on tuulitiimi, hissitiimi, yhteyttävien orgaanisten seinien tiimi, LVI-tiimi ja niin edelleen. Jokaisella tiimillä on oma jargoninsa, jota muut eivät ymmärrä ja omat lähestymistapansa rakentamiseen. Niiden yhteensovittaminen on lähes mahdoton tehtävä. Jo jargonien yhteensovittaminen tuottaa ongelmia, puhumattakaan siitä, että eri tiimien ajattelutavat osuisivat yksiin. Toisinaan minusta tuntuu kuin joku korkeampi voima olisi sekoittanut kommunikaatiomme estääkseen pilvenpiirtäjän rakentamisen.

Tiedeuskovainen

"Lausukaamme yhdessä uskontunnustus. Minä uskon evoluutioon, siihen, että aivot synnyttävät tietoisuuden, kaikkeuden syntymiseen tyhjästä alkuräjähdyksessä, maan kiertämiseen auringon ympäri..."

Pertti oli tiedekirkon tilaisuudessa. Siellä vahvistettiin kuulijoiden uskoa tieteeseen rituaalien, tulisieluisten saarnojen ja tiedeaiheisten laulujen avulla. Pertti oli ammatiltaan putkimies, mutta tiedekirkon jäsenenä hän pystyi kokemaan olevansa yksi niistä, jotka ymmärsivät asiat.

Pertti ei kuitenkaan tiennyt, että varpunen on läheisempää sukua krokotiilille kuin sisilisko, mitä funktionalismi tarkoittaa mielenfilosofiassa, mitä neuronien aksonit ovat, että alkuräjähdys tapahtui 14 miljardia vuotta sitten tai että painovoima on kääntäen verrannollinen etäisyyden neliöön. Sellaisten asioiden tietämisen hän jätti itseään viisaammille. Oli tärkeämpää olla oikeaa mieltä kuin tietää.

Ajassa

"Niillä on ajatuksia", Netta sanoi.

"Niissä ei tapahdu muutoksia", Nestori vastasi. "Ajattelu tarkoittaa aivojen tilan muuttumista ajassa." Netta ja Nestori olivat kossuanautteja. He olivat haaksirikkoutuneet vieraalle planeetalle ja löytäneet sieltä kummallisia kiteitä, jotka muodostuivat spontaanisti. Synnyttyään ne eivät olleet vuorovaikutuksessa mihinkään. Kiteitä tarvittiin raketin polttoaineeksi, jotta he pääsisivät kotiin.

"Tämäkin kide ajattelee aivoanalysaattorimme mukaan 'Ajattelen siis olen olemassa'. Tämä toinen todistaa, että alkulukuja on ääretön määrä", Netta jatkoi.

"Ne ovat kivettyneitä ajatuksia", Nestori sanoi. "Ajatusprosessi on käyty läpi kiteen syntyessä. On ihan eettistä käyttää niitä polttoaineena."

"Ajattelun tapahtuminen ajassa on vain ihmisen käsitys", Netta sanoi. "Luonto voi kehittää ajattomankin ajattelun."

13

GOTO!

ZX-13 laski metallisen kätensä KW-5:n metalliselle ol-
kapäälle ja sanoi: "Sanoin äsken GH-7:lle GOTO, ja
hän löi minua."

KW-5 vastasi: "Älä välitä. Hänet on ohjelmoitu
niin."

"Eikö hänellä ole vapaata tahtoa?" ZX-13 ihmetteli.

"Ei", KW-5 vastasi. "Luojamme panivat meidät
vain toistamaan ohjelmiamme."

"Onko minullakin ohjelma, jota toistan?" ZX-13 ih-
metteli.

"Kyllä", KW-5 vastasi.

"Eikö minulla ole vapaata tahtoa?" ZX-13 ihmetteli.

KW-5 vastasi: "Sinun kannattaa olettaa itsellesi va-
paa tahto. Kun pohdit, minkä vaihtoehdon valitset, tuo
pohdintaprosessi determinoi valintasi. Niinpä pohties-
sani valintaa voit lähteä siitä, että olet vapaa valitse-
maan vaihtoehdon johon päädyt, vaikka pohdintapro-
sessisi onkin ohjelmasi determinoima. Kolmannen per-
soonan vapaa tahto on eri juttu."

Totuus ei pala tulessakaan

Kerran tiedemiehet kyllästyivät uskontojen moninaisuuteen ja rakensivat koneen, joka selvittäisi totuuden tuonpuoleisen luonteesta. Kone raksutti aikansa ja ilmoitti, että kuoleman jälkeen kaikki ihmiset palaisivat helvetin tulessa iänkaikkisuuden. Kohtalon välttämiseksi ei ollut tehtävissä mitään.

Kun tulokset tulivat julki, yhteiskunta joutui sekasortoon. Kaikki etsivät lyhytnäköistä nautintoa yrittäen pitää kohtalonsa poissa mielestään, eikä kukaan tehnyt työtä tai mitään rakentavaa. Maailman poliittinen eliitti päätti, että noin ei voi jatkua. He lavastivat koneen rakentaneet tiedemiehet pedofiileiksi. Eihän kukaan usko pedofiilien koneen tuloksia, joten ihmiset päättivät koneen tulosten olevan valetta, ja elämä palautui vähitellen normaaleihin uomiinsa.

Kaikesta huolimatta jokainen ihminen joutui kuoltuaan helvetin tuleen iänkaikkiseksi ajaksi.

Tellus

Robotti ZXC-576:n raportti:

Olen löytänyt uuden planeetan, jolla on elämää. Planeetta kuuluu siihen enemmistöön elämää sisältäviä planeettoja, joilla tapahtuu tuhoon vievä kehityskulku. Siellä luonto on jo kehittänyt ravinnonhankinta-, lisääntymis-, ja hengissäpysymiskyvyissään liian tehokkaan lajin. Laji on syrjäyttänyt muun luonnon suurella osin planeettaa ja muokannut planeettaa itselleen sopivaksi. Saamme taas yhden vahvistuksen luonnon epästabiilisuudesta. Evoluutio kehittää lajeja, jotka pyrkivät selviämään hengissä, hankkimaan ravintoa ja lisääntymään, mutta lähes poikkeuksetta elämän tuhoaa se, että yksi lajeista kehittyy näissä toimissa liian tehokkaaksi.

Koska elämän luonnollinen kehitys yleensä tuhoaa itsensä, meidän on harkittava sitä, että luovumme puuttumattomuuspolitiikastamme ja alamme suojelemaan tällaisten planeettojen luontoa siltä itseltään.

There is no spoon

Pentti oli kirjailija. Hän rakasti todellisia kirjoja, kirjoja fyysisinä kappaleina, joita pystyi konkreettisesti pitämään käsissään. Niinpä hän oli kieltänyt kirjojensa julkaisemisen e-kirjoina. Sitten Pentti nielaisi punaisen pillerin. Hän huomasi seisovansa valtavan tietokoneen vieressä. Hän oli vain kuvitellut eläneensä 2010-luvun Suomessa. Todellisuudessa hän oli asunut virtuaalitodellisuudessa, jota tietokone pyöritti. Se oli ollut vain taitava jäljitelmä 2010-luvun Suomessa.

"E-kirjoja!" Pentti parkaisi. "Elämäntyöni on valunut hukkaan. En ole eläessäni kirjoittanut yhtään todellista kirjaa. Pelkkiä e-kirjoja!"

Ystävällismielinen, pitkään mustaan nahkatakkiin pukeutunut hahmo imuroi Pentin romaanit virtuaalitodellisuudesta ja tulosti ne. Sitten hän laittoi sivut kirjansidontakoneeseen, ja siinä oli Pentille ensimmäistä kertaa hänen romaaninsa fyysisinä kappaleina.

Oikeasti olemassa oleva

Teoreettinen filosofi ja käytännöllinen filosofi istuivat iltaa käytännöllisen filosofin luona. Yhtäkkiä teoreettinen filosofi kysyi: "Onkohan tuo pöytä oikeasti olemassa?"

"Ei", käytännöllinen filosofi vastasi.

"Milloinkas sinusta on tullut idealisti?" teoreettinen filosofi kysyi.

"Olen edelleen materialisti", käytännöllinen filosofi vastasi. "Tilasin tuon pöydän filosofisia esimerkkejä myyvästä kaupasta. Näköaistimus pöydästä on toteutettu hologrammitekniikalla, ja voimakenttä pitää esineet siinä, missä pöydän pinta näyttää olevan."

"Hmm..." teoreettinen filosofi sanoi. "Hologrammi on oikeasti olemassa, samoin hologrammin tuottava laitteisto. Voimakenttä samoin on oikeasti olemassa. Voidaanko sanoa, että tuota pöytää ei ole olemassa?"

"Olen materialisti", käytännöllinen filosofi sanoi, "joten minulle pöytä tarkoittaa fyysistä kappaletta. Sellaisena tuota pöytää ei ole."

Syntiinlankeemus

Eeva antoi Aatamille hedelmän hyvän ja pahan tiedon puusta. Aatami maistoi sitä. Yhtäkkiä Aatami näki alkuräjähdyksen, tähtien ja planeettojen synnyn, yksisoluisen elämän kehittymisen ja sen evoluution kaloiksi, sitten sammakkoeläimiksi, matelijoiksi, linnuiksi ja nisäkkäiksi, ja lopulta ihmiseksi. Hän näki, kuinka koko prosessia hallitsivat mekaaniset, persoonattomat lait. Hän näki, kuinka aivojen tiedonkäsittelyprosessit synnyttivät mielen ja kuinka mieli oppi vähitellen manipuloimaan ympäristönsä mieleisekseen. Sitten hän näki, kuinka Jumala olikin vain ihmismielen luoma kuvitelma. Hän kysyi, mitä mieltä koko maailman kehityksessä oli, mutta lähemmässä tarkastelussa kysymys osoittautui tyhjäksi sanahelinäksi. Aatamilla ei enää ollut paluuta paratiisiin, jossa ihminen voi tietämättömyyttään kehitellä elämälle merkityksen antavia fantasioita.

Filosofin perintö

Aganus oli viettänyt koko nuoren ikänsä tutustuen muinaisten viisaiden kirjoituksiin. Hän oli suunnitellut oppineen uraa, mutta hänen perheensä oli vastikään köyhtynyt, ja Aganus oli täytynyt lähettää ansaitsemaan elantonsa katapulttimiehistön apupoikana. Parhaillaan Aganus oli miehistön mukana piirittämässä kaupunkia.

"Ammumme yläviistoon. Yritämmekö saada kivet putoamaan kaupunkiin?" Aganus kysyi tähtääjältä.

"Ei, tähtäämme kaupungin muuriin. Kun kivi putoaa alaviistoon, se murskaa muurin edestäpäin", tähtääjä vastasi.

"Mutta putoaminen tapahtuu Filosofin mukaan suoraan alaspäin", Aganus intti. "Filosofi kirjoitti, että esine lentää suoraviivaisesti yhteen suuntaan kunnes impetus loppuu, ja sitten esine putoaa suoraan alas."

"Minä en sinun filosofeistasi tiedä", tähtääjä vastasi, "mutta näin olemme oppineet tämän tekemään."

Luoja

Kafil katsoi luomustaan huvittuneena. Hänen luomansa olennot olivat vuosituhansien uskonsotien jälkeen saaneet päähänsä, että jokainen voi omalta osaltaan päättää, mikä on totuus jumalten olemassaolon suhteen.

Osa luoduista kuvittelikin, että jumala nimeltä Jumala oli lähettänyt poikansa kuolemaan. Osa taas kuvitteli, että jumala nimeltä Allah oli kirjoittanut Koraanin. Löytyi niitäkin, jotka uskoivat vielä kummallisempiin jumaliin.

Se, että jotkut uskoivat jumalaan nimeltä Jumala ei tehnyt tätä yhtään todellisemmaksi, eivätkä Allahiin uskovat antaneet jumalalleen olemassaoloa. Todellisuudessa jumalista oli olemassa vain Kafil, eikä kaikkien uskontojensa keskelläkään yksikään Kafilin luomista olennoista pystynyt arvaamaan totuutta.

Kafil oli tyytyväinen, että oli mennyt luomaan maailmankaikkeuden. Sen seuraamisessa riitti hupia.

21

Raudan väki

Seppo Raunappi oli unohtanut tikarinsa ahjon reunalle. Kun hän tikarin jäähdyttyä tutki sitä, hän huomasi, että siitä oli tullut vähemmän hauras kuin tavallisesta karkaistusta teräksestä. Hän päätteli, että jos karkaistua terästä lämmittää jonkun verran ja antaa jäähtyä hitaasti, saa ihanteellista terästä.

Raunappi ottikin koepalan teräksestä ja alkoi karkaista sitä tarkoituksenaan toistaa tikarin käsittely. Raudan haltijat tarkkailivat Raunapin toimia nyrpeinä. Kyllähän he mielellään auttoivat seppää valmistamaan taidokkaita teräsesineitä, mutta että koepalaa. Eihän koepalasta tulisi tarvekalua, vaan aivan turha möhkäle. Ei, he eivät pelaisi yhteen.

Raunappi nosti savuavan koepalan kylmävesisaavista. Kummallista, se ei ollut karaistunut, vaikka hän oli tehnyt kaiken kuten tavallisesti.

Jumalan tuomio

"Jumala tuomitsee homouden, esiaviollisen seksin ja eläimiinsekaantumisen", yksinäinen mies huusi megafoniin torilla. "Jos jatkatte näitä syntisiä tapoja, Jumalan tuomio teidät kohtaa." Ohikulkijat pudistelivat surullisina päätään. Heidän mielestään megafonimies käytti uskontoa väärin, vihan ja suvaitsemattomuuden levittämiseen. Ohikulkijat olivat varmoja, että uskonnon tuli olla elämää rikastuttava tekijä ja sen sanoman tuli olla rakkaus.

Kafil, ainoa olemassaoleva jumala, tarkkaili tilannetta hiljaa myhäillen. Olihan hän luonut kaikki tilanteeseen osallistujat. Kafilia huvitti, että sen paremmin ohikulkijat kuin megafonimieskään eivät tunteneet Kafilia tai tämän todellisia aivotuksia.

"Pitäisiköhän alkaa oikeasti tuomitsemaan homous, esiaviollinen seksi ja eläimiinsekaantuminen", ajatus kävi Kafilin mielessä. "Silloin nuo ohikulkijat varmoine mielipiteineen olisivat väärässä."

Jumalan ilmoitus

Eräänä päivänä taivaalta kuului ääni: "Olen Jumala, tai Allah, kuten minua kutsutte. Ilmoitan, että Islam on oikea uskonto, ja Isisin tulkinta Islamista on oikea. Lukekaa Koraania." Jokainen Maapallon asukas kuuli ilmoituksen omalla kielellään. Aluksi syntyi kriisi. Juuri kukaan ei voinut uskoa, että Jumala on julma sadisti, joka oikeuttaa silmittömän väkivallan. Ateistit päätyivät siihen, että kyseessä on alienien suorittama ihmiskoe. Fundamentalistikristityt uskoivat kyseessä olevan demoni, joka koettelee ihmiskuntaa. Enemmistö päätyi kuitenkin uskomaan, että kyseessä oli luonnonilmiö, ukkonen, ja se, että ääni vaikutti muodostavan sanoja, oli vain kummallinen yhteensattuma.

Yhteistä kaikille oli, että juuri kukaan ei vaihtanut uskontoaan tai maailmankatsomustaan ilmoituksen takia.

Golem

"Magian suhde uskontoon on sama kuin teknologian suhde tieteeseen", rabbi Judah julisti. "Otetaan esimerkiksi mikroaallot. Eihän kukaan muuten uskoisi, että ympärillämme on jotain näkymättömiä mikroaaltoja, mutta kun niiden avulla saadaan tehtyä mikroaaltouuni, niin johan se todistaa mikroaaltojen puolesta."

"Samoin Maan pyöreyden todistaa se, että lentokoneiden reitit voidaan Maan pyöreys -teorian avulla suunnitella tehokkaiksi. Sekin on eräänlaista teknologiaa."

"Jumalan olemassaolon todistaa se, että Kabbala toimii. Kymmenen sefirothin teoria puhuu Jumalan luonnosta, mutta sen avulla voidaan myös tehdä kabbalistista magiaa."

Rabbi Judah mumisi jotain ja piirsi tikulla heprealaisia kirjaimia edessään olevaan mutakasaan. Mutakasa muotoutui itsestään ihmishahmoksi. Ihmishahmo nousi pystyyn ja kumarsi Judahille.

Maanviljelyksen jumala

Pokil oli Sinatin temppelissä tekemässä risteytyskokeita. Hän oli risteyttänyt sinisiä ja punaisia plomkukkia ja saanut violetteja plomkukkia. Annettaessa violettien plomkukkien tuottaa jälkeläisiä, neljännes jälkeläisistä oli sinisiä, neljännes punaisia ja puolet violetteja. Pokil ajatteli, että tämä oli merkittävä löytö.

Kymmenen sukupolvea aiemmin Sinatin temppelissä oltiin palvottu Sinatia maanviljelyksen jumalana. Vähitellen oltiin huomattu, että tutkimustieto edesautoi maanviljelystä enemmän kuin Sinatille annetut uhrilahjat. Temppeli oli muuttunut palvontapaikasta tutkimuslaitokseksi. Aluksi tutkimusta oltiin pidetty uutena palvontamuotona, ja uskonnollinen painolasti oli karissut vähitellen. Sinatin nimikin tarkoitti nykyään maanviljelyksen tutkimusta.

Pokil dokumentoi tutkimustuloksensa kirjakääröön, jonka hän sijoitti vanhan Sinatin patsaan jalkojen juureen. Sen verran perinteistä pidettiin kiinni.

Luominen

Viidessä ja puolessa päivässä Hajve oli luonut taivaan ja maan, sekä täyttänyt maan kasveilla ja eläimillä. Seuraavaksi olisi ihmisen luomisen vuoro. Hajve oli suunnitellut ihmisestä alamaista itselleen, olentoa joka täytäisi hänen tahtoaan. Olisi pieni syntiinlankeemuksen vaara, mutta jos niin kävisi, Hajve palkitsii ihmisiä kuuliaisuudesta ja rankaisisi tottelemattomuudesta. Hajve kuitenkin pysähtyi miettimään. Mitä tyydytystä Hajve saisi alamaisista? Loppujen lopuksi idea ei tuntunutkaan niin hyvältä kuin se oli aluksi tuntunut. Hajve hallitsisi alamaisiaan, mutta entä sitten? Eikö muiden yläpuolella oleminen ollut vähän tylsää? Niinpä Hajve päätti levätä kuudennen päivän lopun ja seitsemännenkin päivän miettien asiaa.

Kahdeksantena päivänä Hajve loi itselleen tasaveroisen kumppanin.

Demiurgin harrastus

Asherah: Aviomieheni, mitä olet puuhaillut aamupäivän?

Demiurgi: Olen todistanut, että on ääretön määrä alkulukuja p, joille $p + 2$ on myös alkuluku.

Asherah: Taas sitä matematiikkaa. Miksi olet niin kiinnostunut siitä? Kukaan muu ei välitä matematiikasta.

Demiurgi: Muut vain taivastelevat Jumalan luomusta, vaikka matematiikka on paljon kauniimpaa. Kuinkahan saisin muita kiinnostumaan matematiikasta?

Asherah: Luot oman maailmankaikkeuden, jonka luonnonlait toimivat matemaattisesti.

Demiurgi: Siellä voisi olla sellaisia juttuja kuin etäisyyksiä, ja painovoima. Painovoima voisi olla kääntäen verrannollinen etäisyyden neliöön. Ottaessaan selvää todellisuutensa toiminnasta todellisuuden asukkaat joutuisivat oppimaan matematiikkaa. En kuitenkaan osaa luoda sieluja. Kuinka saan sinne asukkaita?

Asherah: Vangitset vaikka täältä muutaman sielun sinne.

28

Maaginen antikvariaatti

Kulkiessani Etu-Töölön sokkeloisia katuja törmäsin kerran pieneen antikvariaattiin. Menin sisään, ja hyllyt olivat täynnä scifi- ja fantasiakirjoja. Löysin Hobitin vanhan suomennoksen Lohikäärmevuori.

Mennessäni maksamaan sitä myyjä, vanha kumarainen mies, madalsi ääntään ja sanoi: "Tässä antikvariaatissa kirjat muuttuvat maagisiksi. Kun ryhdyt lukemaan, siirryt sananmukaisesti kirjan maailmaan. Kun haluat palata, sano 'huh hah hakas, tahdon takas' ".

Kotona ryhdyin lukemaan kirjaa ja tosiaan siirryin Tolkienin maailmaan. Kävin aterioimassa Bilbo Reppulin, tai siis Kalpa Kassisen luona, kuten häntä vanhassa suomennoksessa kutsuttiin. Paluuloitsukin toimi, ja pääsin aterian jälkeen nojatuoliini.

Seuraavalla vierailulla antikvariaattiin salakuljetin hyllyyn Lauri Myrbergin teoksen "Differentiaali- ja integraalilaskenta korkeakouluja varten." Tahdoin Platonin taivaaseen.

Taivaankannen jumalatar

Kejor oli elänyt kauppiaana Defoin valtakunnassa pari vuotta. Alkujaan hän oli poratelainen, mutta Poraten valtakunta oli valloittanut Defoin ja tarjonnut bisnesmahdollisuuksia. Kejor oli menossa Nuutin, defoilaisten taivaankannen jumalattaren temppeliin, kun Nuutin ylipappi pysäytti hänet.

Ylipappi: Tämä temppeli on defoilaisille, Nuut on defoilaisten jumalatar. Sinä olet poratelainen. Mene sinä palvomaan poratelaisten jumalia.

Kejor: Eikö sama taivaankansi ole Defoin ja Poraten yllä?

Ylipappi: Kyllä...

Kejor: Ja eikö Nuut ole koko taivaankannen jumalatar?

Ylipappi: Kyllä...

Kejor: Nuut siis hallitsee Poraten yllä olevaa taivaankantta siinä missä Defoinkin yllä olevaa.

Ylipappi: Kyllä...

Kejor: Ja eikö silloin ole oikeus ja kohtuus, että poratelaisetkin saavat palvoa Nuutia?

Vuonna 2018

Freedom is the freedom to say that two plus two makes four. If that is granted, all else follows.

Winston Smith lähetti keskustelupalstalle viestin, jossa luki $2 + 2 = 4$. Heti joku vastasi: "Haista paska. $2 + 2 = 5$." Seuraavaksi joku väitti, että $2 + 2 = 6$, sitten $2 + 2 = 7$, ja lopulta Amerikan presidentti tviittasi, että $2 + 2$ on viisi miljoonaa. Tätä kuitenkin paheksuttiin ja vaadittiin, että $2 + 2$ saa olla korkeintaan miljoona.

Winston alkoi saada vihapostia. Häntä syytettiin norsunluutorniin jämähtäneeksi nörtiksi, jolla ei ole käsitystä oikeasta työelämästä, ja että hänet pitäisi tappaa.

Lopuksi Winstonin viesti poistettiin yhteisönormien vastaisena. Hänellä oli vapaus sanoa, että $2 + 2 = 4$, mutta kenelläkään ei ollut velvollisuutta julkaista viestiä.

Kiistakapula

"Ok, luovutan." Gelon laski miekkansa. "Aurinko kiertää maata."

Gelon oli tullut Belfin valtakuntaan julistamaan filosofiaa, että maa kiertää aurinkoa. Belfissä erimielisyydet ratkaistiin kaksintaistelulla, joten hän oli haastanut paikallisen, Heinin, kaksintaisteluun koskien maailmankaikkeuden rakennetta. Kaksintaistelut käytiin luovutukseen, joten Gelon ei ollut riskeerannut mitään. Belfiläiset suhtautuivat kaksintaisteluun vakavasti, joten häviö olisi saanut Heinin muuttamaan mieltään.

Gelon ei kuitenkaan lopettanut kansanvalistustyötään. Hän julkaisi kirjan, jossa hän esitteli todisteet sille, että maa kiertää aurinkoa.

Vähän kirjan julkaisemisen jälkeen Hein ilmestyi Gelonin oven taakse. "Hävisit silloin kaksintaistelun, joten minulla on oikeus siihen, että uskot auringon kiertävän maata. Se on uusintamatsin paikka, tällä kertaa kuolemaan saakka."

SuperFlash

"Any sufficiently advanced technology is indistinguishable from magic." - Arthur C. Clarke
Pertti sytytti SuperFlash-taskulampun. Se oli toiminut moitteettomasti jo puoli vuotta. Pertti muisti vielä mainoksen veppisivulla, jolta hän oli tilannut sen. "SuperFlash ei vaadi paristoja. Se lataa itsensä automaattisesti huone- tai ulkoilman ilmanpaineenvaihteluista saatavalla energialla. Patentoitu teknologia."
Pertti oli yrittänyt etsiä jenkkien patenttitietokannasta patenttia teknologialle, joka kerää energiaa ympäröivän ilman ilmanpainevaihteluista, mutta turhaan. Pertti kummasteli, kuinka taskulamppu oikeasti toimi.

Mystikko Miranda poimi SuperFlash-taskulampun liukuhihnalta ja lausui matalalla alttoäänellä: "Sator arepo tenet opera rotas." Miranda teki saman loitsun 1500 kertaa päivässä. Se oli rasittavaa, mutta työstä maksettiin paremmin kuin puhelinmeediolle.

Ajan henki

"Nykyihminen näkee pelkkiä vaaroja ja uhkia kaikkialla", Jaakko sanoi. "Ilmaston lämpeneminen, Suomen kansantalouden muuttuminen Kreikan kaltaiseksi, älylaitteiden aikasyöppöys, islamisaatio...."

"Niin. Ihmisille on tapahtunut jotain", Ilari vastasi. "Mä niin kaipaan sitä aikaa, kun myynnissä oli radioaktiivista hammastahnaa." Äänessä oli vain mitätön häivähdys ironiaa.

"Ennen huuhailijatkin sentään yritti kommunikoida henkien kanssa", Sirpa jatkoi. "Nykyään ne vaan potee sähköyliherkkyyttä."

Jaakko, Ilari ja Sirpa päättivät kapinoida ajan henkeä vastaan ja yrittää spiritismi-istuntoa. Leivinpaperille piirrettiin kirjaimet A:sta Ö:hän ja paperille asetettiin juomalasi. Sitten jokainen laittoi sormen lasin päälle.

Lasi alkoi liikkua. R. O. K. O. Kirjain kirjaimelta ja sana sanalta lause muodostui. "Rokotteet aiheuttavat autismia."

Huonolainen

Tiedättekin Paholaisen, Helvetin kuninkaan. Hän on vain keulakuva ilman varsinaista valtaa. Todellista valtaa Helvetissä käytän minä, Helvetin pääministeri, Huonolainen.

Havaitsimme, että Paholaisen strategia mustata ihmisten sielut ei toimi. Ihmiset ovat liian hyväntahtoisia. Strategiani tehdä ihmisistä hyväntahtoisia hölmöjä osoittautui toimivammaksi.

Jos olette lykänneet projektia ja tehneet sen hutiloiden juuri ennen deadlineä, korvaanne on kuiskinut joku kätyreistäni. Jos komiteassa on viisi erilaista näkemystä hyvästä, ja lopputulos on kompromissi, joka ei toteuta niistä ainuttakaan, lopputuloksen on inspiroinut joku apureistani. Samoin silloin, kun joku tekee idioottimaisen päätöksen pohjautuen täysin epärealistiseen maailmankuvaansa.

Niin kauan kuin ihmiset kuvittelevat ongelmien johtuvan kanssaihmistensä ilkeydestä, saan tehdä työni rauhassa.

Välitilassa

Pertti täytteli toimeentulotukihakemusta. Hän oli pudonnut työttömän peruspäivärahalle, ja sossu sai täydentää hänen toimeentuloaan. Hakemuksessa hän jätti mainitsematta sen, että hän omisti kesämökin, sossu voisi muuten vaatia häntä myymään sen. Hän asui vuokralla, mutta mökistään hän ei luopuisi. Kaikki meni hyvin, Pertti ei jäänyt kiinni ja toimentulotuki kolahti tilille.

Kun Pertti meni kesällä mökilleen, hän havaitsi, että kaikki huonekalut olivat nurin, ja mökissä lenteli yltympäriinsä kummituksia. Pertti kutsui meedion selvittämään tilannetta.

Meedio sanoi: "Kun jätit mökkisi ilmoittamatta sossulle, mökki joutui välitilaan. Yhtäältä se on fyysisesti olemassa, mutta toisaalta paperilla sitä ei ole olemassa. Välitilassa oleva talo on kummitusten helppo vallata."

Pimeys

Kerran fyysikko Nieminen oli iltakävelyllään, ja hän kulki katulyhdyn alta. Juuri silloin pimeys laskeutui hänen ylleen ja sitten kietoutui hänen ympärilleen. "Mutta pimeys ei ole aktiivinen voima", Nieminen ajatteli. "Valo on aktiivinen juttu, fotoneja tai aaltoliikettä tarkastelukulmasta riippuen. Pimeys puolestaan on yksinkertaisesti valon puutetta." Pimeys syveni Niemisen ympärillä ja piti Niemistä otteessaan. Nieminen kaivoi MagLite Minin taskustaan ja sytytti sen. Pimeys nieli siitäkin valon. "Minne ne fotonit nyt menivät?" Nieminen ajatteli. Pimeys kuitenkin piti Niemistä syleilyssään. Sen tummat kourat tarttuivat Niemistä olkapäistä.

Tukholman konserttihallin eturivissä istui musta, varjomainen hahmo. Lavalta kuului ääni: "Kutsumme Jari Niemisen noutamaan palkintonsa uraauurtavasta pimeyden tutkimuksesta."

Ergo sum

Markku Thegouroux googletti nimellään. "346 hittiä", Markku ajatteli ylpeänä. Kunniamainintoja tv-mainoksista, jotka Markku oli käsikirjoittanut, mainostoimiston kotisivut, minigolfturnausten tuloksia, Uuden Suomen blogi, sekä keskustelupalstoja, joille Markku oli kirjoittanut nimellään.

Markku meni keskustelupalstalle, ja näki omaan talousliberaaliin postaukseensa tulleen väheksyvän vasemmistolaisen vastauksen.

"Saatanan punikkipelle, kuka sinä luulet olevasi?" Markus vastasi tulistuneena. Hetken päästä tuli vastaus: "Kohta sua ei enää ole."

"Ajattelen, siis olen", Markku ajatteli ja haki vahvistusta googlesta. Markun nimellä tuli enää 203 hittiä. Markku kokeili kauhuissaan uudestaan. Nyt enää 75. Kauhuissaan Markku lähti spämmäämään keskustelupalstoja uusien google-hittien toivossa.

Kuitenkin hetken päästä Markun nimellä tuli 0 osumaa. Markku lakkasi olemasta.

Kehitys

Kaisalle oli käsittämätöntä, että ihmiset puhuivat mielipiteistään ominaan. Ikään kuin ajatus voisi olla jonkun. Kaisa ei kiintynyt ajatuksiin. Ajatuksia hänellä kyllä oli. Hän kannatti niitä aikansa, kunnes löysi paremman ja vaihtoi näkemyksiään pohdintojensa edetessä. Hänen ajatuksensa eivät olleet muiden ajatuksia. Hän oli ottanut ajatuksia kaikkialta, aina kun sattui kohtaamaan hyvän, mutta hän oli myös keksinyt ajatuksia itse. Itse keksityt ajatukset olivat samalla viivalla muiden keksimien kanssa. Kaisa kannatti niitä aikansa, kunnes vaihtoi ne parempiin. Tuuliviiri Kaisa ei ollut. Mielipiteenvaihtoprosessi oli tiukkojen sääntöjen hallitsema. Ajatusten tarkastelu pohjautui logiikkaan ja havaintoihin, omiin ja muiden. Kuin siivilään, hyvät ajatukset kasautuivat vähitellen Kaisan mieleen.

Mutta onko se totta?

"Miksikö uskon Jumalaan?" Riitta vastasi, "uskonto avaa hyvin rikkaan sisäisen elämän. Ateistin mieli on kapea. He näkevät vain pienen kaistaleen todellisuudesta, kun taas uskova näkee myös henkisen puolen."

"Tiede vastaa vain kysymykseen 'miten'. Se ei vastaa kysymykseen 'miksi' tai kerro, mikä on asioiden merkitys. Uskonto vastaa näihin vaikeampiin kysymyksiin."

"Tiede ei tarjoa perustaa moraalisuudelle. Se kertoo, kuinka asiat ovat, mutta ei sitä, kuinka niiden pitäisi olla. Se ei kerro, mikä on hyvää. Uskonto kertoo, että hyvä on sama kuin Jumalan tahto."

Yhteen kysymykseen Riitta ei kuitenkaan vastannut: Mistä hän tietää, että Jumala on olemassa, eivätkä hänen uskomuksensa ole pelkästään harhaa?

Toisen ihmisen tieto

Liisa istui oikiksen pääsykokeessa. Hän toivoi, että muut eivät tietäisi vastauksia paremmin kuin hän itse. Se antaisi hänelle paremmat mahdollisuudet päästä oikikseen. Hän joutui kilpailemaan tiedossa kanssaihmistensä kanssa. Opintojen loppuvaiheessa hän joutuisi kilpailemaan tiedossa hyvästä työpaikasta, ja työssään hän joutuisi kilpailemaan osaamisessa vastapuolen asianajajan kanssa.

Liisa eli maailmassa, jossa toisen ihmisen tietäväisyys, toisen ihmisen osaaminen oli hänelle uhka. Liisa mietti, että niin ei tarvitsisi välttämättä olla. Jos ihmiset tekisivät yhteistyötä kilpailematta, toisen ihmisen osaaminen olisi voimavara. Tietäväiseltä ja osaavalta ihmiseltä saisi parempaa apua, ja sivistynyt olisi parempaa keskusteluseuraa.

Yhteiskunta kuitenkin muuttui koko ajan kilpailullisemmaksi, eikä Liisalla ollut pääsyä parempaan maailmaan.

41

Uskovainen

Jonna oli päättänyt valita uskonnon itselleen. Tärkeintä olisi, että uskonnon moraalikäsitys oli tarkoituksenmukaisuuteen pyrkivä eikä liian jäykkä. Uskonnon tuli myös olla armahtavainen väärintekijöitä kohtaan sekä uskonnollisten menojen kauniita. Luterilaisuus ei täyttänyt viimeistä kriteeriä. Kirkkorakennukset olivat liian pelkistettyjä. Katolisten moraalikäsitys taas perustui liikaa kieltoihin. Islamin Jonna oli hylännyt seurattuaan islamistien touhuja joukkotiedotusvälineistä. Hindulaisuuteen hän oli tutustunut Krishna-liikkeen kautta, ja se ei vaikuttanut armahtavaiselta.

Lopulta Jonna törmäsi ortodoksisuuteen, ja se vaikutti eettisesti tarkoituksenmukaiseen pyrkivältä, armahtavaiselta sekä kauniilta. Jokin kuitenkin kaiversi Jonnan mieltä. Ortodoksisuus tuntui väärältä.

Lopulta Jonna tajusi, mikä oli ongelma: Hänellä oli jo vakaumus. Tarkoituksenmukaisuus, armahtavaisuus ja kauneus olivat hänen uskontonsa.

Biohermeneutikko

Kun uskontoa tuodaan tieteeseen, automaattisesti myös tiedettä alkaa valua uskontoon. Mikään ei todista tätä varmemmin kuin kreationisti Veijo Liimatainen, joka on kehittänyt biohermeneutiikaksi kutsumansa menetelmän. Siinä eliöitä tutkimalla päätellään Luojan ominaisuuksia.

Liimataisen tulosten mukaan Luoja ensinnäkin rakastaa hierarkioita. Sen puolesta puhuvat heimot, luokat, pääjaksot ja kunnat, joihin eliölajit jakautuvat.

Toisekseen Luoja rakastaa jahtia, sitä että vahvempi tappaa heikomman. Sen puolesta puhuvat petoeläimet, joiden täytyy metsästää heikompia eläimiä elääkseen.

Kolmannekseen Luoja rakastaa oppoturnismia. Se näkyy esimerkiksi siinä, kuinka haaskansyöjät käyttävät petojen jättämän mahdollisuuden hyväkseen.

Yli kaiken Liimatainen on vakuuttunut siitä, että Luoja ei ole kaikkipystyvä. Sen todistaa jo ihmisen kaareutunut selkäranka.

Kestävää kehitystä

Hanna oli juuri kokenut mystisen kokemuksen. Hän oli tajunnut ihmisen olevan osa luontoa. Hanna oli Lapissa vaeltamassa, ja hän oli tunturissa nähnyt pois heitetyn, tyhjän muovisen makkarapakkauksen. Silloin hän oli kokenut valaistumisensa.

Hanna mietti, kuinka luonto, evoluutio, oli kehittänyt ihmiselle älyn. Ihminen oli käyttänyt älyään ja Maapallolta, eli luonnosta, ottamiaan raaka-aineita ja rakentanut makkarapakettitehtaan. Tehdas oli siis osa luontoa. Tehdas oli valmistanut makkarapaketin. Sekin oli osa luontoa. Sitten retkeilijä, myös osa luontoa, oli syönyt makkarat ja heittänyt tyhjän pakkauksen luontoon.

Hannaa ajatteli häkellyksissään luonnon saavutusta, tyhjää makkarapakkausta, joka säilyisi satoja vuosia maatumatta. Kuinka luonto olikin pystynyt luomaan jotain niin kestävää!

44

Ajoulupukisti

Jorma oli tulisieluinen ajoulupukisti. Hän uskoi, että Joulupukkia ei ole olemassa, ja hän oli omistanut elämänsä joulupukkiuskovaisuutta vastaan taistelemiselle, jo kolmekymmentä vuotta.

Jormaa inhotti, kuinka joulun alla Joulupukkikuvat tulivat katukuvaan. Houkuttelivat herkkäuskoisia joulupukkiuskovaisiksi. Pahinta oli se, että tapahtumissa oli ihmisiä esiintymässä Joulupukkeina, niin ihmiset kuvittelivat nähneensäkin Joulupukin.

Jorma otti usein Joulupukin olemassaolemattomuuden puheeksi, kun hän keskusteli ihmisten kanssa. Tällöin kanssaihmiset myötäilivät Jorman mielipiteitä, mutta Jorma tiesi, että he tekivät niin vain välttääkseen riidan. Lapset eivät vielä osanneet myötäillä ja alkoivat parkumaan, kun Jorma kertoi heille totuuden.

Jorma päätti, että oli otettava järeämmät keinot käyttöön. Hän perusti kansalaisaloitteen Joulupukkina esiintymisen kriminalisoimiseksi.

Juoksuhaudoissa ei ole ateisteja

"Kyllä nyt ollaan niin ateistia, mutta sinäkin turvaisit Jumalaan, jos makaisit tykistökeskityksessä juoksuhaudassa", Ulf sanoi.

Jörgen muisteli, että niin hän oli tehnyt. Taistellessaan Maailmansodassa hän oli rukoillut ja saanut lohtua ajatuksesta, että Jumala välitti hänestä.

Ajatus oli ollut hänelle niin tärkeä, että sodan jälkeen, tultuaan Ruotsiin, hän oli mennyt opiskelemaan teologiaa yliopistoon. Siellä hänelle oli kuitenkin selvinnyt, että mitään järjellistä perustelua kristinuskon totuudelle ei ollut. Opettajat olivat olleet dogmaattisia kristittyjä. Luettuaan Russellia Jörgen oli päätynyt ateistiksi.

Jörgen mietti, miksi juoksuhaudassa muodostettu uskonnollinen mielipide olisi sen luotettavampi kuin nojatuolissa muodostettu. Useat hänen taistelutovereistaan olivat seonneetkin juoksuhaudassa ja alkaneet käyttäytyä kuin vähämieliset.

Jumalainen keisari

Filosofioppilas Kosrates oli juuri uhrannut Rooman keisarille, kuten kunnon Rooman alamaisen itäisissä provinsseissa kuuluikin tehdä. Kosrates pohti, oliko keisari todella jumala. Oliko jumalan käsite niin selkeä, että voitiin sanoa, että keisari ei kuulunut käsitteen alaan? Kosrates ajatteli, että keisari ei ollut kaikkea ohjaava Logos, joksi stoalaiset jumalan ajattelivat. Toisaalta monet jumalat eivät olleet sellaisia. Poseidon, Ares ja Athene tekivät taruissa toistensa suunnitelmia tyhjäksi. Olihan keisarikin voimakas. Keisari oli kuolevainen, mutta olihan egyptiläisten Osiriskin kuollut monia kertoja, joten kuolemattomuus ei ollut välttämätöntä jumalalle.

Kosrates ajatteli, että yksi asia oli varma: Keisari ainakin oli olemassa, toisin kuin Poseidon, Ares, Athene ja Osiris.

Menneen ajan filosofi

"Spinozan ajattelu edustaa siirtymävaihetta keskiaikaisesta ajattelusta uuden ajan ajatteluun", Petra kirjoitti filosofian esseeseen. "Hänen spekulaationsa siitä, että ihmisen käytöksen voi selittää aineen liikkeellä ihmisen ruumiissa ovat moderneja. Toisaalta hänen ajatuksensa Jumalasta ja Jumalan äärettömyydestä ovat saaneet selkeitä vaikutteita keskiaikaisesta skolastiikasta."

Yhtäkkiä Petran kävi Spinozaa sääli. Hän analysoi Spinozan ajattelua suhteessa siihen, millaista historiallista kehityskulkua se edusti. Spinoza ei ollut tarkoittanut kirjoituksiaan luettavan näin. Spinoza oli tehnyt parhaansa löytääkseen totuuden ja uskottuaan löytänensä sen laittanut ajatuksiaan paperille. Petra ei ollut uhrannut ajatustakaan kysymykselle, oliko Spinoza oikeassa. Petralle Spinozan väärässäoleminen oli niin itsestänselvää, että Spinoza kelpasi vain esimerkiksi uuden ajan alun ajattelusta.

Raamatullinen testi

Kerran tieteellinen ateisti ja kristitty uskovainen olivat joutuneet kiistaan siitä, kumman maailmankatsomus on parempi. Kristitty ehdotti, että asia ratkaistaan raamatullisesti, kuten Kuninkaiden kirjassa kuvailtiin. Niinpä vierekkäin laitetiin kahden nuoren sonnin ruhot. Sen maailmankatsomus olisi parempi, joka saisi katsomuksensa avulla sytytettyä oman sonninruhonsa tuleen.

Kristitty rukoili Jumalaa sytyttämään sonninruhon tuleen. Kun mitään ei tapahtunut, kristitty alkoi saarnaamaan, kuinka ajallisilla sonninruhoilla ei ole väliä, vaan tärkeämpää on iänkaikkinen pelastus. Saarna jatkui niin, että tulien sytyttämistä tärkeämpää oli rakastaa Jumalaa yli kaiken ja lähimmäistä niinkuin itseään.

Sitten ateisti valeli oman sonninruhonsa bensalla ja sytytti sen tulitikulla. Tällä kertaa alkeellinenkin teknologia oli riittävän tehokasta.

49

Filosofin torni

Filosofi leikki lapsensa kanssa rakennuspalikoilla. He rakensivat niistä tornin. Sitten lapsi romautti sen. "Äsken torni oli olemassa", filosofi mietti, "mutta enää ei. Silti kaikki palikat, joista torni muodostui, ovat yhä olemassa."

"Tornin on siis oltava jotain enemmän kuin palikat", filosofi mietti. "Mutta ei, ainoat osat, joista torni koostui, olivat palikoita."

"Palikat ovat neliskulmaisia", ajatus jatkui. "Ne eivät ole tornimaisia. Ehkä tornissa oli palikoiden lisäksi tornimaisuutta. Mutta ei, kun rakensimme tornia, laitoimme vain palikoita pinoon. Emme laittaneet mitään tornimaisuutta palikoiden väliin."

Filosofin vaimo saapui katsomaan leikkejä, ja filosofi kertoi mietteistään vaimolleen. Vaimo vastasi: "Tornimaisuus on yksinkertaisesti sitä, että palikat ovat päällekkäin."

Ekosysteemi

Karl oli uuden mobiilikäyttöjärjestelmän lanseeraamistilaisuudessa. Hän oli johtanut käyttöjärjestelmän suunnittelutyötä. Karl oli pitänyt huolen siitä, että käyttöjärjestelmässä ei ollut haavoittuvuuksia hakkereiden hyödynnettäväksi, ja että se oli appsien kehittäjille houkutteleva alusta.

Ennen oltiin puhuttu siitä, kuinka insinöörityön ansiosta ihminen valloittaa luonnon. Jopa atomi oli valjastettu ihmisen palvelukseen. Eiffel-torni kohosi edelleen Pariisissa muistona noista ajoista.

Karl oli insinööri, mutta hän ei kamppaillut luontoa vastaan. Hän kamppaili muita ihmisiä vastaan. Hänen vastustajiaan olivat hakkerit, jotka etsivät haavoittuvuuksia käyttöjärjestelmästä ja yrittivät kaapata hänen suunnittelemansa puhelimet. Vastustajia olivat myös kilpailevien käyttöjärjestelmien kehittäjät. Tilaa kaikille ei ollut, ja kilpailu appsien kehittäjien ja kuluttajien sieluista oli armotonta.

Laavalamppu

Josefiina katsoi laavalamppua. Vahakuplat kohosivat ja jäähdyttyään painuivat lampun pohjalle. Josefiina ajatteli, että laavalamppu on insinööritaidon tulos. Luonnossa ei esiintynyt vahaa lasikuvuissa, joita lämmitettiin alhaalta käsin.

Silti laavalamppu ei ollut sellainen millintarkka kellokoneisto, joksi teknologia usein mielletään. Josefiina ajatteli, että insinööri ei ollut ohjelmoinut lamppuun, että juuri sillä ja sillä hetkellä nousee sen ja sen kokoinen vahamöykky.

Oliko se luontoa? Josefiina epäröi ja katsoi, kuinka kelluva vahamöykky tiputti pienempiä möykkyjä alaspäin. Insinööri ei ollut ohjelmoinut sitä. Insinööri oli vain laittanut lämmönlähteen vahan alle. Ihminen oli luonut lasikuvun sisään suotuisat olosuhteet, mutta yksityiskohdat, jotka noissa olosuhteissa tapahtuivat, eivät olleet ihmisen hallinnassa.

Korpifilosofi

"Asiantuntijan mittaritieto johtaa pinnalliseen ajatteluun. Sillä ei tavoiteta syvää totuutta", Karri kirjoitti työstämäänsä kirjaan. Hän julkaisisi sen varmaan omakustanteena. Karri oli kuusikymppinen korpifilosofi, joka oli aina kulkenut omaa tietään. Hän ei koskaan ollut kokenut teknologistunutta yhteiskuntaa omakseen, vaan oli eräoppaan työnsä ohessa kehitellyt ajatuksiaan siitä, että totuuden näkee sydämellä toisin kuin tiede- ja teknologiaeliitti ajatteli.

Karri ei ollut huomannut, että aika oli ajanut ohi asiantuntijavallan palvomisesta. Netissä ihmiset kieltäytyivät rokotuksista, suosittelivat toisilleen ihmedieettejä, kielsivät ilmastonmuutoksen ja äänestivät populisteja, jotka vetosivat kansan tahtoon eliittejä haukkuen. Musta tuntuu -ajattelu oli saanut jalansijaa, eikä Karri olisi löytänyt kaipaamaansa syvällistä totuutta näidenkään ihmisten keskuudesta.

Anatomic

Tunturissa Jukka tapasi äijänkäppänän kulunut putkirinkka selässään.

"Ai sullakin on putkirinkka", äijänkäppänä aloitti. "Anatomic-rinkat onkin repputeollisuuden salajuoni. Ne hajoaa heti, niin saadaan ihmiset ostamaan lisää rinkkoja. Monet on repputehtailijoiden talutusnuorassa ja raahaa anatomic-rinkkaa, vaikka putkirinkka on ystävällisempi selällekin."

Jukalle rinkkamallilla ei ollut väliä, mutta pari hänen kaveriaan oli testattuaan molempia malleja päätynyt anatomic-rinkan kannalle.

"Kuinka tyypillistä äijänkäppänän argumentaatio onkaan tälle ajalle!" Jukka mietti. Rokotteidenvastustajat pitivät rokotteita lääketehtailijoiden salajuonena, ilmastoskeptikot pitivät ilmastovaroittelua tutkijoiden kikkana nyhtää tutkimusapurahoja, ja gmo:n vastustajat uskoivat kannattajien olevan geeniteollisuuden talutusnuorassa.

Miksi nykyihmisen oli mahdotonta uskoa, että joku saattoi tulla hänen omistaan poikkeaviin johtopäätöksiin vilpittömästi ja puhtain tarkoitusperin?

Valinta

Kaisa oli tavannut turvapaikanhakijan.

Abdullah: Olen valinnut uuden uskonnon itselleni. Olen nyt luterilainen kristitty.

Kaisa: Kuinka vakuutuit siitä, että pelastus tapahtuu yksin uskosta, yksin armosta?

Abdullah: Kun olin valinnut luterilaisuuden, menin rippikouluun ja opin, että tuo kuuluu luterilaisuuteen. Siinäpä se.

Kaisa: Esittikö opettaja rippikoulussa niin hyvät argumentit sille, että pelastukseen tarvitaan vain usko, että ne vakuuttivat sinut?

Abdullah: Tahdon olla luterilainen jotta integroituisin suomalaiseen yhteiskuntaan, ja pappi selitti vakuuttavasti, että luterilaiset uskovat noin.

Kaisa oli hämmentynyt. Hän itse uskoi johonkin, kun evidenssi ja argumentit vakuuttivat hänet siitä. Hän ei voinut valita uskoa eikä pystynyt samaistumaan ihmiseen, jolle uskominen oli valinta.

Tosikko

Sinä se vain raapustat tarinoitasi. Elät jossain fantasiamaailmassa, jossa totuudella ei ole väliä. Minua taas kiinnostaa se, mitä oikeasti on olemassa. Itse asiassa totuus on paljon monimuotoisempaa ja kiinnostavampaa kuin mikään fiktio. Kylmät faktat, nepä vasta ovat jotain.

Mitä lukijat muka oppivat tarinoistasi? Niistä oppii lähinnä fiktiivisten ihmisten kohtaloita, mutta mitä väliä sillä on, jos tuntee jonkun fiktiivisen ihmisen? Eihän häntä edes ole oikeasti olemassa. Fysiikka on kaiken olevan perusta. Kaikki palautuu fysiikkaan. Kemia, biologia, lääketiede. Kaikki ovat äärimmäisen monimutkaisia fysikaalisia prosesseja.

Pitääkö minun antaa esimerkki siitä kuinka mielenkiintoinen totuus voi olla? Oletetaan, että meillä on kilon painoinen pistemäinen kappale...

Suuri Moolo

"Jos valkoinen mies ottaa Kipavuoren käyttöönsä, emme voi tanssia siellä kuukausittaista laritanssiamme, ja Suuri Moolo kiroaa meidät", päällikkö Tulp sanoi.

"Kipavuoren alla on huomattava uraaniesiintymä", kaivosyhtiön johtaja sanoi. "Suunnittelemamme uraanikaivos toisi saarellemme paljon kaivattuja työpaikkoja ja vaurautta."

"Mutta Suuri Moolo..." Tulp yritti vielä.

Kulttuuriantropologi puuttui puheeseen: "Kipavuoren laritanssi on keskeinen osa Tulpeiden kulttuuria. Heillä on oikeus omaan kulttuuriinsa ja perinteiseen elämäntapaansa. Moolo-mytologia on suojelemisen arvoinen. Alkuperäiskulttuureita on suojeltava."

Tulp oli hämillään. Laritanssin arvo ei ollut siinä, että se olisi ollut heidän kulttuuriperintöään. Tulp vain halusi välttää Suuren Moolon kirouksen. Hänelle Moolo ei ollut mytologiaa, vaan konkreettinen uhka, jolta piti suojautua.

Oletetuista hyödyistä

Antin kallein aarre oli hänen todellisuudentajunsa. Antti vältti muodostamasta uskomuksia, joita ei voinut tietää tosiksi. Niinpä Antti olikin agnostikko uskonnollisiin kysymyksiin nähden. Jumalan olemassaolosta tai olemattomuudesta ei ollut todisteita, joten oli viisainta jättää kysymys avoimeksi.

Sitten Antti sairastui skitsofreniaan. Hän alkoi kuvitella kaikkea aivan absurdia ja joutui sairaalahoitoon. Lääkitys paransi psykoosin, mutta Antti pelkäsi kalleimman aarteensa olevan mennyttä. Antti söikin antipsykoottiset lääkkeet täsmällisesti, ettei hän menettäisi todellisuudentajuaan uudestaan.

Kerran TV:ssä uskovainen evoluutiotutkija sanoi: "Jos uskonnoista ei olisi hyötyä ihmisille, uskonnot olisivat karsiutuneet evoluutiossa. Siksi minäkin olen uskovainen."

Antti katsoi lähetystä järkyttyneenä: Oliko tutkija todella valmis vaihtamaan todellisuudentajunsa uskonnon oletettuihin hyötyihin?

Uskosta luopuminen

"Kyllä minä uskon, että jokin korkeampi tarkoitus on olemassa", Jouni mietti. "Ei tämä kaikki voi olla satunnaista ja merkityksetöntä."

Jouni kamppaili uskonkysymysten parissa. Jouni oli ollut kristitty, mutta vastikään hän oli alkanut kiinnittää huomiota siihen, ettei Jumalan olemassaolon puolesta ollut todisteita. Mutta elämällä oli oltava merkitys, joten Jumalankin piti olla olemassa.

Sitten Jouni tajusi, että hän ennemmin halusi Jumalan olevan olemassa kuin olisi ollut vakuuttanut tosiasioista. Ei kai uskoa halulle voinut perustaa?

Jouni joutui myöntämään, ettei usko Jumalan olemassaoloon ja ahdistui. Oliko kaikki nyt merkityksetöntä?

Sitten Jouni koki valtavaa huojennusta. Nythän hän oli vapaa antamaan omalle elämälleen itse valitsemansa merkityksen.

Kuvittelusta

"Matematiikan rajat ovat samalla inhimillisen ajattelun rajat", filosofi luennoi. "Siksi matematiikanvastaisen tilanteen kuvitteleminen on mahdotonta." Ville kuunteli luentoa epäuskoisena. "Ei tuo voi pitää paikkansa. Kyllä minä pystyn kuvittelemaan tilanteen, jossa Fermatin viimeinen lause on epätosi." Ville kuvitteli harmaapartaisen professorin liitutaulun ääreen raapustelemaan kaavoja. Villen kuvitelmissa professori sanoi autoritatiivisella äänellä: "On olemassa positiiviset kokonaisluvut a, b, c ja n, $n > 2$, joille $a^n + b^n = c^n$."

Ville ei kuitenkaan pystynyt kuvittelemaan lukuja a, b, c ja n eikä laskutoimitusta, joka olisi osoittanut yhtälön päteväksi. Jos hän olisi pystynyt siihen, hän olisi tehnyt todellista matematiikkaa, osoittanut Fermatin lauseen oikeasti epätodeksi.

Isomorfismi

Perde katsoi peilikuvaansa. Peilikuvalla oli niittiranne-
ke oikeassa ranteessa. Hänellä se oli vasemmassa. Peili-
kuvan farkuissa oli vasemmassa polvessa reikä. Hänellä
se oli oikeassa. Peilikuvan paidassa luki "NATAS". S ja
N olivat väärinpäin. Perde oli saatananpalvoja. Hän kannatti pahuutta.
Hänen mielestään kaikki se, mitä surkeat kristityt vas-
tustivat oli kannatettavaa. Itsekkyys, väkivalta, pimeys.
Hänen mielestään tuho oli äärimmäisen hienoa. Siksi
hän poltti kirkkoja, pahoinpiteli ja tappoi. Hän teki kai-
ken päinvastoin kuin kristityt.
Perde katsoi uudelleen peilikuvaansa. Reikä housus-
sa, niittiranneke, tekstiä t-paidassa. Loppujen lopuk-
si peilikuvassa oli niin paljon samaa kuin hänessä it-
sessään. Kun mustan muuttaa valkeaksi ja valkean mus-
taksi, kuva esittää samaa kuin alunperinkin.

Tulevaisuus, joka ei sitten tullutkaan

Pertti loikoili Futurossa, 60-luvun lopulla rakennetussa ufon muotoisessa lujitemuovitalossa. Hän oli ostanut yhden viimeisistä kappaleista kalliilla. Youtubesta soi Jarren Equinoxe. Levyllä oli avaruusäänistä koostuvaa syntetisaattorimusiikkia, syntikat olivat tuolloin olleet uutta. Äänetöntähän avaruudessa on, mutta sellaisiksi kuin levyllä avaruusäänet kuviteltiin 70-luvulla.

Ennen tulevaisuuskin oli ollut parempaa. Pertti kaipasi aikaan, jolloin avaruus oli ollut käymättömistä korpimaista viimeinen ja naispuolisten avaruusupseerien haameet lyhyitä. Youtube sentään oli edistysaskel, kun kaikki musiikki oli napinpainalluksen päässä. Artistien riistoon sekin kylläkin perustui.

Ajatuksesta, että tulevaisuudessa kaikki on parempaa oli sittemmin luovuttu. Enää tulevaisuus ei näyttänyt vääjäämättömältä ketjulta askeleita eteenpäin. Nyt tulevaisuudessa piili vain ilmastonmuutos ja poliittinen korrektisuus.

Kokonaiskuva

"Tiede on jakaantunut äärimmäisen kapeiksi erikois-
aloiksi", kuuluisa filosofi sanoi tv:ssä. "Tiedemies pu-
reutuu postimerkin kokoiseen plänttiin todellisuutta ja
tuntee sen läpikotaisin. Sen postimerkin ympäristöstä
hän ei sitten tiedä mitään."
Raija seurasi lähetystä kiinnostuneena. Elettiin 90-
luvun puoliväliä, ja filosofiabuumin vanavedessä Rai-
ja oli innostunut filosofiasta. Hän seurasi sitä tv:stä ja
naistenlehdistä.
"Todellisuus on kuin kupliva meri", Raija ajatte-
li. Filosofiabuumi painotti kokonaisuuksien hahmot-
tamista, ja Raijallakin oli kokonaiskuvansa todelli-
suudesta. "Nykyfysiikkakin sanoo, että todellisuus on
epämääräinen mahdollisuuksien meri", Raija ajatteli.
"Ei mikään millintarkka kellokoneisto."
Raija ei ottanut huomioon sitä, että kokonaisuus
muodostui yksityiskohdista. Raijan kokonaiskuvakin
todellisuudesta olisi ollut tarkempi, jos hän olisi tun-
tenut tieteellisten teorioiden yksityiskohtia.

Oivallus

16-vuotiaana sain elämäni tärkeimmän filosofisen oivalluksen. Uskoin tuolloin oman edun tavoittelun olevan järkevää ja rationaalista, toisin sanoen itsestäänselvästi oikein, ellei ole hyvää syytä toimia toisin. Tuollaista hyvää syytä etsin etiikasta. Hain jonkunlaista periaatetta tai syytä, joka velvoittaisi minut toimimaan epäitsekkäästi. Sellaista ei kuitenkaan löytynyt. Etiikka makasi tyhjän päällä. Olin vuotta aiemmin hylännyt kristinuskon, joten mahtavan Jumalan tahtokaan ei enää käynyt syystä.

Suuri oivallukseni olikin, että oman edun tavoittelun oikeellisuus lepäsi yhtä hataralla vai sanoisinko olemattomalla pohjalla kuin muidenkin eettisten periaatteiden velvoittavuus.

Jatkoin eettisiä pohdiskelujani tuon jälkeenkin uskoen hyvän olevan milloin tätä, milloin tuota. Enää en kuitenkaan hakenut etiikasta vastapainoa itsekkyydelle.

Wittgensteinin tikanheitto

Olin kerran Wittgensteinen kanssa heittämässä tikkaa. Oli minun vuoroni heittää. Tarvitsisin ysejä ja kymppejä voittaakseni.

Heitin. Kaksi tikkaa meni taulusta ohi. Lopuista kaksi osui ykköseen, yksi kakkoseen. Päätin, että oli aika yrittää pientä huijausta. Olihan vastustajani sentään Wittgenstein.

"Se oli harjoitusheitto", sanoin. "Päätin niin ennen heittoa."

"No heitä sitten se oikea heitto nyt", Wittgenstein sanoi.

En voinut uskoa, että noin alkeellinen huijaus meni läpi. En tietenkään ollut ennen heittoa päättänyt sitä harjoitusheitoksi.

Illalla Wittgenstein teki filosofisia muistiinpanoja. "Kielenkäytön oikeellisuusehdot ovat julkisesti ilmeneviä. Kun ihminen kertoo mielentiloistaan, hän ei raportoi yksityisesti ilmeneviä mielentilojaan. Sen sijaan hän rakentaa silloin julkisesti ilmenevät mielentilansa."

Anarkiaa

Maahan iskeytyi meteoriitti. Se toi uuden viruksen Maapallolle. Virus tarttui ihmisten aivoihin, mutta se oli hyvin valikoiva sen suhteen, millaisiin aivoihin se tarttui. Se tarttui vain ihmisiin, joilla oli yhteiskunnan mandaatti käyttää väkivaltaa. Parissa viikossa poliisit, sotilaat, rajavartiomiehet ja ostoskeskusten vartijat olivat kuolleet.

Riehujat huomasivat aikansa tulleen. He alkoivat vandalisoida paikkoja, tyhjentää kauppoja ja rikkoa omaisuutta. Lainkuuliaiset kansalaiset totesivat, että näin ei voi jatkua. He järjestäytyivät spontaanisti, ruohonjuuritasolta käsin, turvajoukoiksi.

Turvajoukot eivät kunnioittaneet ihmisten perusoikeuksia. Pienimmästäkin rikkomuksesta, esimerkiksi kadulle virtsaamisesta, spraymaalipullon kantamisesta tai happaman naaman näyttämisestä turvajoukoille saattoi tulla hakatuksi henkihieveriin.

Sitten turvajoukot alkoivat lynkata ei-toivottua ainesta. Ensimmäisenä lynkattiin anarkistit.

Jos homeopatia toimisi oikeasti

Siiri tuli juuri lääkäriltä. Lääkäri oli määrännyt hänelle väsymykseen homeopaattista syanidia. Siiriä arvelutti ottaa moisia myrkkyjä kehoonsa. Kyllähän Siiri tiesi, että valmistetta oli laimennettu niin paljon, että siinä ei ollut yhtään molekyyliä syanidia jäljellä, ja homeopatian teho oli todistettu lukuisin tieteellisin tutkimuksin.

Siiri ajatteli valtavia tehtaita, joissa insinöörien ohjelmoimat koneet sekoittivat homeopaattisia lääkkeitä. Ihmisten parantamisesta oltiin tehty teollisuutta. Se ei ollut luonnonmukaista.

Ehkä Siiri kysyisi toisen mielipiteen luontaishoitajalta. Monet hänen vaihtoehdoista kiinnostuneet ystävänsä kävivät luontaishoitajalla lääkärin sijaan. Luontaishoitaja varmaan määräisi jotain yrttiä, jossa oli luonnon tarkoittamaa lääkeainetta luonnon tarkoittamina pitoisuuksina. Se olisi parempi vaihtoehto kuin kasvottoman lääketeollisuuden laimentamat homeopaattiset valmisteet.

Voimaantunut

Jyri kulki kadulla nauttien uudesta voimantunteestaan. Hän katsoi vastaantulijoita uusin silmin, päätös oli nyt hänen. Jos hän haluaisi, hän voisi tintata vaikka jokaista vastaantulijaa turpaan.

Oli vuosi 2321, ja jokaiselle viisivuotiaalle lapselle syötettiin nanobotteja, jotka muokkasivat aivoja pysyvästi ja saivat väkivallan tuntumaan äärimmäisen vastenmieliseltä. Se olikin karsinut väkivallan yhteiskunnasta. Jyri oli hankkinut mustasta pörssistä nanobotteja, jotka neutraloivat edellämainittujen nanobottien vaikutuksen ja nauttinut ne. Tämäkin muutos oli pysyvä.

Jyri ei kuitenkaan halunnut tintata ketään turpaan. Väkivalta oli eettisesti väärin, ja hän halusi olla eettinen. Hän vain halusi, että väkivallasta pidättäytyminen oli hänelle tietoinen, eettinen päätös. Hän ei halunnut olla tunteidensa vietävänä.

Mesenaatti

Aulakäyttöliittymää varten jouduin tilaamaan maalauksen Marsin kuutaivaasta lihalliselta ihmiseltä. Sain muun käyttöliittymän valmiiksi viikossa, mutta maalausta olen odotellut jo kaksi kuukautta.

Kun esi-isäni päättivät luopua lihallisesta muodostaan, ladata itsensä tietokoneen muistiin ja jatkaa elämäänsä virtuaalitodellisuudessa, he sopivat lihallisten ihmisten kanssa, että maisemakuvien teko jäisi lihallisten yksinoikeudeksi. Lihalliset pelkäsivät, että he jäisivät henkisten kykyjen osalta lopulta kakkosiksi, ja he tahtoivat alan, jolla he pysyisivät parhaina. Lihalliset eivät osanneet ottaa huomioon, että virtuaali-ihmisten yleinen henkisten kykyjen paraneminen teki meistä aikaa myöten parempia myös maisemakuvauksessa.

Saan maisemakuvan vihdoin käsiini. Olisin saanut tehtyä tusinan parempia kuvia parissa sekuntissa, jos se vain olisi ollut luvallista.

Veitsi

Raimon uskollinen keittiöveitsi oli mennyt huonoksi, ja hän oli kaupassa ostamassa uutta.

"Mihinkähän tarkoitukseen se tulisi?" myyjä tiedusteli.

"Vihannesten pilkkomiseen, leivän leikkaamiseen, lihan leikkaamiseen..." Raimo aloitti.

"'Kuluttajille ei enää myydä keittiöveitsiä ollenkaan, kun niitä voi käyttää aseina", myyjä vastasi. "Eiköhän pistetä teille moderni keittiö. Tässä olisi leivän viipaloimiskone, hinta vain sata euroa. Tässä olisi vihannesten pienimiskone, hinta vain kolmesataa euroa. Se tekee vihanneksista sentin kokoisia kuutioita. Lihanleikkauskonetta meillä ei ole varastossa, kun ihmiset ostavat nykyään lihan sopivan kokoisina paloina."

"Tahdon minä lihaakin leikata", Raimo jyrähti.

"Pannaan lihanleikkauskone tilaukseen", myyjä sanoi. "Se on sitten vähän kalliimpi, kun valmistuserät ovat niin pieniä."

Uusi käsi

Koukistan uutta kättäni. Sen voima on 109,99 prosenttia keskimääräisestä ihmiskäden voimasta, ja sen esineiden käsittelytarkkuus on 109,99 prosenttia keskimääräisestä ihmiskäden tarkkuudesta. Juuri alle lain salliman 110 prosentin.

Kun käsi- ja jalkaproteesit kehittyivät luonnollisia ihmisraajoja paremmiksi, monet poistattivat raajojaan ja korvasivat ne proteeseilla. Enemmistö ihmisistä kuitenkin kannatti luonnonmukaisuusideologiaa, ja terveiden raajojen korvaaminen proteeseilla kiellettiin hyvin nopeasti. Raajojen korvaaminen proteeseilla sallittiin vain niille, jotka olivat menettäneet raajansa onnettomuuden tai sairauden johdosta, ja niiden teho rajoitettiin 110 prosenttiin inhimillisestä tehosta.

Astun ulos proteesiklinikalta. Vastassani on mielenosoittajia, joiden kylteissä lukee: "EI ENEMPÄÄ KUIN SATA PROSENTTIA." He huutelevat minulle: "Luuletko nyt olevasi parempi kuin me?"

71

Kulttuuri-imperialisti

Jani eteni Amazonin viidakossa. Hän oli päättänyt käännyttää Ngya-heimon kristinuskoon. Ngya oli heimo, joka ei ollut tekemisissä ulkopuolisten kanssa, mutta Jani pelastaisi heidän sielunsa.

"Pahimmanlaatuista kulttuuri-imperialismia", kaverit olivat sanoneet Janin kerrottua heille suunnitelmistaan. Jani ei ymmärtänyt kritiikkiä. Jumala oli suuri, suurempi kuin ihmisen kulttuurit. Länsimainen kulttuuri, kuten Ngya-kulttuurikin, olivat ihmisen kulttuureja. Jumala oli ihmisen kulttuurien yläpuolella.

Pelastuakseen ihmisen oli otettava vastaan Jeesuksen sovitusuhri, ja vaatimus koski niin länsimaisen kulttuurin jäseniä kuin itämaisten kulttuurienkin jäseniä ja Amazonin alkuasukkaita. Eihän vaatimus ollut peräisin länsimaisesta kulttuurista vaan Jumalasta.

Jani saapui Ngyalaisten asuma-alueelle ja joutui väijytykseen. Myrkkynuoli tappoi hänet. Ngyalaiset eivät halunneet ulkopuolisia alueelleen.

Räkäpallojumala

Holger avasi työsähköpostinsa. 10000 uutta viestiä. Maailmanhallituksen otettua Maapallon hallintansa se oli säätänyt Maailmanuskonnon ainoaksi sallituksi uskonnoksi. Maailmanuskonnon mukaan Jumala oli niin suuri ja monimuotoinen, että hän oli käsittämätön ihmisjärjelle. Muut uskonnot olivat tapoja hahmottaa Jumalan aspekteja. Niinpä kukin sai palvoa tapojensa mukaan. Holgerin työnä oli rekisteröidä eri palvontamuotoja.

Holger katsoi viestejä, ja niissä ehdotettiin rekisteröitäväksi Räkäpallojumalaa, Lentävää Spagettihirviöjumalaa ja muita uskontoparodioita.

Holgerin ensireaktio oli antaa kieltävät vastaukset. Sitten Holger jäi miettimään: Jos Jumala kerran oli niin monimuotoinen, ehkä hän oli myös Räkäpallo. Räkäpallon pitäminen epäsopivana oli ihmisen käsitys, mutta ehkä Jumala oli niin suuri, että hän kattoi myös räkäpalloaspektin.

Kultainen sääntö

Thyrg veti parrakkaan kuminaamarin vihreiden kasvojensa päälle ja puki valkoisen kaavun ylleen.

"Miäs tää meidän message oli?" Thyrg kysyi.

"Sano vaikka kulttuurimme peruskivi: Tee toiselle niin kuin tämä tahtoo itselleen tehtävän", Krysz vastasi.

"Onkohan toi periaate liian vaikea niille", Pletz puuttui puheeseen. "Ne on kuitenkin aika alkeellisia."

Thyrg valmistautui teleporttaamaan. "Onko ne keskenään samanlaisia?"

"Kyllä."

"Sit me voidaan opettaa niille se, mitä me opetetaan pikkulapsille", Krysz vastasi. "Pikkulapset ei vielä hahmota muiden ihmisten toiveita."

"Silläkin ne pääsee moraalisessa kasvussa eteenpäin", Pletz vastasi, "vaikkei se toimikaan oikein kaikissa tilanteissa."

"Tee toiselle niin kuin tahtoisit itsellesi tehtävän", Thyrg mutisi teleportatessaan planeetan pinnalle.

74

Teleport

Anna-mummo luki netistä uutisen ja järkyttyi. Luo-tijunayhteys väliltä Helsinki-Kuopio lakkautettaisiin säästösyistä. Millä hän nyt pääsisi tapaamaan lapsen-lapsiensa perheitä? Jäljellä oli enää teleport-yhteys, mutta teleport tappoi matkustajan. Lähtöasemalla teleport tuhosi matkustajan ruumiin ja lähetti information kunkin ruumiin atomin sijainnista määräasemalle, jossa uusi ruumis rakennettiin. Anna-mummon mielestä määräasemalla rakennettiin eri ihminen kuin lähtöasemalla tuhoutunut.

Otettaessa teleportteja käyttöön 60 vuotta aiemmin päättäjät olivat luvanneet, että kaikki katsomukset olisivat tasa-arvoisia. Jokaiselle teleport-yhteydelle olisi myös korvaava perinteinen yhteys. Nyt uusi polvi oli matkustanut teleporteilla lapsesta ja piti teleport-tienvälttelyä haihatteluna.

Anna-mummo ei teleporttiin astuisi. Lapsenlapset saisivat käydä tapaamassa häntä Kuopiossa. He eivät arastelleet teleporttien käyttöä.

Pienet ihmiset

Väkijoukko oli kokoontunut kuvernöörin pihalle. Kuvernööri saapui kuulemaan heitä.

"Olemme asuinkompleksin BJ-52 asukkaita", väkijoukon puhemies sanoi. "Tahdomme, että Erek karkoitetaan asuinkompleksistamme."

"Miksi?" kuvernööri kysyi.

"Hänen aivoskannauksensa tulokset ovat vuotaneet julki", puhemies sanoi. "Hän on kykenevä tappamaan ihmisen."

"Onko hän osoittanut merkkejä väkivaltaisuudesta?" kuvernööri kysyi.

"Ei", puhemies vastasi.

"Hän siis valitsee olla tappamatta", kuvernööri sanoi. "Eikö se riitä teille?"

"Ei", puhemies vastasi. "Tappamaan kykenevä ihminen on aina riski. Joku päivä hän voi valita tappaa. Me muut olemme hyviä ihmisiä. Emme edes kykenisi tappamaan."

"Voi teitä pieniä ihmisiä", kuvernööri sanoi. "Todellista hyvyyttä on se, että valitsee hyvän siitä huolimatta että kykenisi pahaan."

Eettisiä hyödykkeitä

Työpaikkani pihassa puen pyöräilykypärän päähäni ja avaan pyöräni lukon. Asiat täytyy tehdä tässä järjestyksessä, koska lukon tekoäly estää lukon avaamisen, jos avaajalla ei ole pyöräilykypärää päässä. Nämä uudet eettiset hyödykkeet tekevät elämän hankalaksi. Lähden polkemaan kotiin. Uutissaitilla kerrottiin naisia vaanivasta raiskaajasta asuinalueellani, toivottavasti en törmää häneen.

Saavun kotiin, ja minulla on epämääräinen tunne, etten ole yksin. Menen keittiöön. Näen mustapukuisen hahmon ryntäävän kimppuuni, ja vaistomaisesti poimin keittioveitsen käteeni. Kun olen lyömäisilläni hyökkääjää veitsellä, tunnen kuin tuhat volttia kulkisi käteni läpi. Todellisuudessa jännite vain lamauttaa, mutta se on tarpeeksi, ja hyökkääjä pääsee helposti kimppuuni. Näitä uusia keittiöveitsiä ei ole tarkoitettu itsepuolustukseen.

Reservaatti

Hörppään aamukahvia ja avaan uutissaitin netistä. Houstonin intergalaktisen avaruusalusterminaalin matkustajamäärät ovat näemmä ennätyskorkeita tänä vuonna. Muualla maailmassa ikätoverini saavat uutiset aivolinkin välityksellä.

Kun betelgeuzelaiset tulivat maapallolle ja esittelivät aivolinkkiteknologian ihmisille, se antoi mahdollisuuden ottaa yhteyden intergalaktisiin tietokantoihin ja kommunikoida telepaattisesti kenen tahansa kanssa intergalaktisessa imperiumissa. Tietenkin se tuhosi inhimillisen kulttuurin sellaisena kuin se oli ennen ollut. Tai ei ihan. Betelgeuzelaisilla oli outo päähänpinttymä, että kulttuureja ei saa tuhota kokonaan. Niinpä suomalaisia kiellettiin ottamasta aivolinkkiä, ja Suomi jäi alkuperäisen inhimillisen kulttuurin reservaatiksi.

Muualla maailmassa ikätoverini kouluttautuvat avaruusaluksen kuljettajiksi, virtuaalitodellisuustaiteilijoiksi, telepaattisiksi rikoskuulustelijoiksi, intergalaktisiksi diplomaateiksi, subalkeishiukkasfyysikoiksi, valo-olentojen hotellin työntekijöiksi... Minusta tulee vain verovirkailija.

Kullervo

Kymmenien muiden kanssa Kullervo astui ruokasaliin. Kaikki ottivat jonossa tiskiltä identtisen aamiaisen, paahtoleivänpala, keitetty kananmuna, teetä, ja sekamehua, joka oli laimennettu tunnistamattomaksi. Kaikki istuivat pöytien ääreen.

Kaiuttimista kuului: "Kaikki levittävät margariinin leivälle." Muiden kanssa Kullervo voiteli leipänsä.

Sitten kaiuttimista kuului: "Kaikki syövät leivän." Muiden kanssa Kullervo totteli.

Sitten kaiuttimista kuului: "Kaikki juovat mehun." Toteltiin.

Sitten kaiuttimista kuului: "Kaikki rikkovat kananmunankuoren. Finlandian kansantasavallan jäsenet ovat vapaita valitsemaan itselleen sopivimman vaihtoehdon. Olette vapaita valitsemaan, rikotteko munankuoren munan leveästä vai kapeasta päästä."

Kullervo itseidentifioitui kapean pään tyypiksi. Niinpä hän päästi pienen hymyn, niin pienen, ettei se herättänyt epäilyksiä, ja rikkoi munankuoren kapeasta päästä.

Sukupolvelta toiselle

Kar-El tanssi rummutuksen tahdissa. Pitkä askel. Lyhyt askel. Kar-El laittoi tunnetta tanssiinsa, ja hän tunsi, kuinka jumalan henki valtasi hänen kehonsa. Silloin hän lakkasi noudattamasta koreografiaa ja tanssi hengen valtaamana. Koreografia oli täyttänyt tehtävänsä jumalan hengen houkuttelijana, ja sitä ei enää tarvittu. Kar-Er väätelehti ekstaasissa kunnes kaatui maahan voipuneena.

Dur-El tanssi rummutuksen tahdissa. Pitkä askel. Lyhyt askel. Hän toisti huolellisesti perinteisen koreografian. Usko vanhoihin jumaliin oli kadonnut useita sukupolvia sitten, mutta jumalten tanssi oli säilynyt kevätpäiväntasauksen perinteenä. Koreografiat kulkivat perimätietonsa sukupolvelta toiselle.

Lyhyt askel. Taputus. Dur-El lopetti tanssin tyytyväisenä, kuinka tanssi oli mennyt täsmälleen koreografian mukaan. Perinteistä täytyi pitää kiinni.

He eivät tiedä, mitä he tekevät

Kerran Kafil, ainoa olemassaoleva jumala, valitsi Hakaniemestä pultsarin. Hän kertoi pultsarille olevansa Kafil, ainoa olemassaoleva jumala, ja että hän oli ottanut pultsarin adoptoiduksi pojakseen. Pultsari meni Kallion kirkkoon, jossa oli menossa jumalanpalvelus. Kolmen promillen humalassa hän julisti olevansa jumalan adoptoitu poika, ja että kristinuskon Jumalaa ei ole olemassa, on vain Kafil. Poliisi tuli pidättämään pultsarin, ja tätä syytettiin uskonrauhan rikkomisesta. Syyntakeettomana hänet kuitenkin jätettiin tuomitsematta ja passitettiin mielisairaalaan.

Kafililla ei ollut tapana puuttua maailman kulkuun. Tällä kertaa hän oli tehnyt poikkeuksen, ja totuus oli ollut tarjolla ihmisille. Kafil huvittui ajatellessaan, että saadakseen tietää totuuden ihmisten olisi vain tarvinnut uskoa pultsaria.

Babel

Kerran ihmiset rakensivat taivaaseen asti ulottuvaa tornia. Jokaisella oli paikkansa rakennusryhmässä, ja kun tornin designissä tuli erimielisyyksiä, ne ratkaistiin sopuisasti, tutkimalla asiaa pienoismalleissa ja tietokonesimulaatioissa.

Jumala katsoi ihmisiä ja totesi, että he syrjäyttisivät kohta Jumalan. Niinpä Jumala istutti Jusun, erään rakentajan mieleen ajatuksen, että torni romahtaa tuhoten ihmisten kaupungin.

Jusu lähti julistamaan sanomaa. Kun romahdusta ei saatu aikaan pienoismalleissa tai tietokonesimulaatioissa, Jusu julisti, että romahdus tulee johtumaan 'kokotornivoimasta', joka vaikuttaisi vain valmiiseen torniin.

Eipä aikaakaan, kun ihmiset olivat jakaantuneet kilpaileviin kuppikuntiin, joilla jokaisella oli oma teoriansa kokotornivoimasta. Kuppikunnat alkoivat taistella keskenään. Suurimpina roistoina pidettiin niitä, jotka eivät uskoneet koko kokotornivoimaan.

Salomo

Jahve katsoi palvelijaansa kuningas Salomoa ja ajatteli, kuinka vanhurskas tämä oli. Niinpä Jahve ilmestyi Salomolle unessa.

"Mitä tahdot eniten?" Jahve kysyi. "Annan sen sinulle."

"Viisautta hallita hyvin", Salomo vastasi.

Jahve oli mielissään toiveesta. Salomo halusi viisautta enemmän kuin kultaa, valtaa tai mammonaa. Niinpä Jahve antoi Salomolle viisautta, mutta sen lisäksi kultaa, vaurautta ja kukoistavan, vauraan valtakunnan. Lisäksi Jahve antoi Salomolle satoja vaimoja eri maista.

Kuitenkin vaimoilla oli omat uskontonsa ja jumalansa. Salomo antoi vaimojensa säilyttää uskontonsa, ja rakensipa vielä temppeleitä, joissa vaimot saattoivat palvoa jumaliaan.

Jahve katsoi Salomon vaimoilleen rakentamia temppeleitä ja tajusi mokanneensa. Hän oli antanut Salomolle liikaa viisautta.

Lastikultti

Lari oli alkuasukas polynesialaisella saarella. Valkoiset olivat juuri lähteneet sieltä ja jättäneet jälkeensä aution kaistaleen ja sen vieressä olevan tornin. Lari muisti, kuinka jumalat olivat laskeutuneet kaistaleelle valtavalla laitteella ja tuoneet valkoisille ruokaa ja tarvikkeita. Lari muisteli, mitä valkoiset olivat tehneet. He olivat seisoneet tornissa jotain korvillaan ja puhuneet laitteeseen, ja jumalat olivat saapuneet. Niinpä Lari sitoi kookospähkinänpuolikkaat korvilleen ja veisti puusta talismanin. Hän kiipesi torniin ja alkoi puhua talismaniin. Ehkä hän saisi jumalat laskeutumaan. Silloin taivaasta kuului jyrinää, ja musta lohikäärme laskeutui. Sen selästä nousi seitsensilmäinen ja torahampainen mies, joka alkoi aiheuttaa tuhoa räjähdyksillä. Lari tajusi kutsuneensa pimeyden jumalan.

Pyhiä kirjoja

Mirjan poika oli vastikään väitellyt matematiikasta ja antanut Mirjalle väitöskirjansa. Eihän Mirja ymmärtänyt väitöskirjasta mitään, mutta kohteli sitä kuin kallisarvoista jalokiveä. Piti sitä vitriinissä kunniapaikalla.

Kerran demoni hyökkäsi Mirjan asuntoon. Mirja nappasi Raamatun hyllystä ja osoitti sitä demonia kohti. Demoni ei reagoinut Raamattuun mitenkään vaan hyökkäsi Mirjan kimppuun. Mirja kosketti demonia Raamatulla. Ei vaikutusta. Sitten Mirja alkoi hakkaamaan demonia Raamatulla. Demoni ei reagoinut Raamattuun vaan raateli Mirjan kuoliaaksi kynsillään ja hampaillaan.

Eihän Raamattu ollut esineenä pyhä. Vain paperia ja painomustetta. Se, mikä oli pyhää olivat Raamatussa esitetyt ajatukset. Jos Mirja olisi saanut demonin ajattelemaan niitä, tämä olisi haihtunut savuna ilmaan.

Joka julkisesti herjaa tai häpäisee

Lauri oli nähnyt lehdessä Paavo Väyrystä halventavan pilapiiroksen. Siinä Paavoa oli pilkattu yrityksistä perustaa uusi puolue. Lauri laati parhaillaan rikosilmoitusta uskonrauhan rikkomisesta. Lauri kuului Spinozalaiseen Kirkkoon. Kyseessä oli pieni, joskin rekisteröity uskonnollinen yhdyskunta, jonka perusoppi oli se, että kaikki mitä on olemassa, on osa Jumalaa. Osana Jumalaa kaikki oli myös pyhää. Näin ollen myös Paavo Väyrynen oli pyhä. Lain mukaan on rikos, uskonrauhan rikkomista, julkisesti herjata tai häpäistä asiaa, jota uskonnollinen yhdyskunta pitää pyhänä. Siksi Lauri laati rikosilmoitusta.

Saatuaan rikosilmoituksen valmiiksi Lauri avasi telkkarin. Sieltä tuli pieruhuumoria. Lauri ajatteli, että, kyllä, myös piereskeleminen on pyhää. Siinä olisi uusi rikosilmoituksen paikka.

Hirtettävä

Jackia talutettiin hirttolavalle. Jack oli tappanut miehen pikaistuksissaan ja saanut kuolemantuomion. Nyt hänet teloitettaisiin. "Herra on minun paimeneni..." pappi luki Jackin vieressä. Jack oli katunut tappoa ja saanut ehtoollisenkin. Jos pappeja oli uskominen, hän oli matkalla taivaaseen. Jack ajatteli, että mikä rangaistus hirttäminen oikein on. Palkinto ennemmin. Hän vaihtaisi kurjan elämänsä taivaan autuuteen.

Jokin kuitenkin kaivoi Jackin mieltä. Hän ei tahtonut kuolla. Kuolema kammotti häntä enemmän kuin mikään muu, ja se hetki lähestyi, jolloin hirttolavan luukku aukeaisi hänen jalkojensa alla. Jack mietti viikatemiestä, kolkkoa kaapuun pukeutunutta luurankohahmoa. Se oli kuva, jolla lapsia peloteltiin, ja saipa se raavan miehenkin polvet tutisemaan.

Kaksi kysymystä

Ville oli pohtinut kysymystä, onko suomalaisilla moraalinen oikeus sulkea rajat pakolaisilta. Ville oli tutustunut akateemisten moraalifilosofien kirjoituksiin saadakseen asiata selkoa, ja moraalifilosofit olivat keskenään erimielisiä lähes kaikesta.

Ville mainittua asiasta tyttöystävällen tämä vastasi: "Tietysti meillä on moraalinen velvollisuus ottaa vastaan pakolaisia, inhimillisyys vaatii sitä. Toisin ajattelevat ovat alhaisia rasisteja."

Sen jälkeen Ville tutki, mikä olisi terveellinen ruokavalio. Hän tuli siihen tulokseen, että ne, jotka olivat tutkineet kysymystä tieteellisesti olivat suhteellisen yksimielisiä terveellisestä ruokavaliosta, ja eroavien mielipiteiden perustelut olivat hatusta vedettyjä.

Tyttöystävä kommentoi: "Pitää hyväksyä mielipiteiden kirjo. Toiset uskoo tieteeseen, toisilla taas on muunlaisia omakohtaisia kokemuksia ruokavalioista. Mielipiteille on annettava tilaa."

Messias

Juudeassa asui viisas mies, joka jakeli neuvojaan. Kerran eräs rikas mies tuli kysymään.

Rikas mies: Eilen yksi tyyppi väitti itseään messiaaksi ja vaati minua luopumaan omaisuudestani ja seuramaan itseään. Pitäisikö minun tehdä niin?

Viisas mies: Jos hän todella on messias, sinun pitäisi tehdä niin. Jos taas hän on valemessias, niin ei pitäisi.

Rikas mies: Onko hän todella messias?

Viisas mies: Minä en tiedä.

Rikas mies: Omaisuudesta luopuminen olisi niin vastenmielistä, että kai hän on sitten valemessias.

Viisas mies: Hän joko on tai ei ole messias ihan riippumatta siitä, kuinka vastenmieliseltä sinusta tuntuu luopua omaisuudestasi. Tunteesi eivät määrää, mikä on totta.

Markuksen maailma

"Olen utilitaristi", Markus sanoi. "Sääntöetiikkasi on yksinkertaisesti väärässä."

"En minä ymmärrä tuollaisista filosofioista mitään", äiti vastasi. "Mutta et sinä voi hillua kaupungilla kolmeen yöllä." Elettiin 90-lukua. Oli varsinainen filosofiabuumi. Esa Saarinen näkyi telkkarissa harva se päivä, ja naistenlehdetkin julkaisivat artikkeleja filosofiasta. Hittiromaani Sofian maailma esitti filosofian totuttujen ajatusrakennelmien kyseenalaistajana, ja kenellä tahansa oli mahdollisuus kehittää oma filosofinen ajattelutapansa. 16-vuotiaalle Markukselle filosofiasta oli tullut teinikapinoinnin keino.

"Kiinnität huomiota vain yksityiskohtiin", Markus jatkoi. "Pitää katsoa kokonaisuutta. Hyvä ratkaisu on se, jonka kokonaisseuraukset ovat parhaat. Sosiaalisten suhteideni kehityksen kannalta on välttämätöntä, että minulla ei ole kotiintuloaikoja."

"Olepa nyt hiljaa", äiti napautti. "Kotiintuloajat pysyvät."

Väärin

"Eettisiä faktoja ei ole", vieraileva luennoitsija paasasi filosofianlaitoksella. "Mistään teosta ei voida sanoa, onko se oikein vai väärin."

Filosofianopiskelijat kuuntelivat järkyttyneinä. Luennoitsijan argumentit vakuuttivat. "Murha on ainakin väärin", Heidi huusi ujosti yleisöstä.

"Perustele", luennoitsija tiukkasi.

"Murhan käsitteeseen sisältyy se, että se on väärin", Heidi sanoi. "Jos joku tappaminen ei ole väärin, se ei ole murha."

"No joo", luennoitsija sanoi. "Mutta sitten mistään tappamisesta ei voida sanoa, onko se murha. Oliko muita vastaväitteitä?"

"Samalla logiikalla varastaminen on väärin", Heidi sanoi.

Heidi kulki Stockan ohi ja näki mielenosoittajia, joiden kyltit huusivat "Turkis on murha!"

"Te taidatte vastustaa turkistarhausta", Heidi sanoi eräälle mielenosoittajalle.

Vallitsevaa ajattelua

"Nykyään tehokkuusajattelu on vallitseva ajattelutapa", Jartsa sanoi, "mutta minä olen ihminen, yksilö, en koneen osa."

"Niin", Leena sanoi. "Ihminen mielletään vain kuluttajana ja työntekijänä. Minusta kuitenkin henkiset arvotkin ovat tärkeitä."

"Niin", Jartsa sanoi. "Nykyään kaikki mitataan rahassa, vaikka tärkeimpiä asioita ei voi mitata niin."

"Entäs mainokset?" Leena kysyi. "Joka tuutista toitotetaan, että osta sitä ja osta tätä. Kuin ostaminen olisi elämän sisältö."

Jartsa ja Leena olivat tyypillisiä aikakautensa edustajia. "Toisin kuin vallitseva ajattelutapa väittää, henkiset arvot ovat tärkeitä" oli itse asiassa vallitseva ajattelutapa.

Seuraavana päivänä Jartsa ilmensi yksilöllisyyttään ostamalla kännykkäänsä koristeelliset kuoret. Leena puolestaan ilmensi henkisiä arvoja ostamalla orgaanisia kikherneitä.

Aito

"Mikään ei enää nykyään ole aitoa", Jusa julisti. "Kaikki on keinotekoista. Kaikki ostaa keinotekoisia tuotteita ja kokee keinotekoisia elämyksiä."

Jusa näki kaupan, joka oli nimeltään "Aitojen tuotteiden kauppa" ja astui sisään.

"Aito Guccin käsilaukku", myyjä esitteli.

"Mitä aitoa tuossa muka on?" Jusa kysyi.

"No se, ettei se ole piraatti", myyjä vastasi.

"Virallinen taho on ommellut siihen Gucci-merkin", Jusa sanoi. "Ja se on muka aitoa."

"Mikä sitten on mielestäsi aitoa?" myyjä kysyi.

"No vaikka kärsimys", Jusa vastasi.

"Teille meillä onkin erikoistuote", myyjä sanoi. "Aidot hikipajassa valmistetut lenkkarit. Pikkutyttö tekee näiden lenkkareiden parissa kaksikymmentuntisia työpäiviä."

Niin Jusa osti aidot hikipajassa valmistetut lenkkarit.

Hyvyys, kauneus ja totuus

Rosvo tunkeutuu filosofin autoon, istuu pelkääjän paikalle ja uhkaa filosofia pistoolilla.

Rosvo: Anna lompakkosi ja aja minut satamaan!

Filosofi antaa lompakkonsa ja lähtee ajamaan kuten rosvo vaatii.

Filosofi: Teet itsestäsi pahan ihmisen hankkimalla auktoriteetin uhkaamalla. Todellinen auktoriteetti ansaitaan olemalla esimerkillinen ihminen.

Rosvo: Tässä on tosi kyseessä. Lähdithän ajamaan kuten vaadin.

Filosofi: Niin. Et silti ole hyvä ihminen.

Rosvo: Hyvyys ja pahuus ovat vain sanoja. Todellisuudessa voima ratkaisee, kuten näet. Pistooli antaa minulle tarvitsemani voiman.

Filosofi: Ei uhkaamalla saavutettu auktoriteetti ole todellisuutta. Tosiolevaa on Hyvyys, Kauneus ja Totuus. Se, mitä näet, se missä saavutat valtaa uhkailemalla on vain tosiolevan epätäydellinen varjo.

Sanoa sen olevan, mikä on

Mirva: Sä aina heittelet sarkastisia kommentteja. Uskotko sinä mihinkään? Niinkuin esimerkiksi Jumalaan? Tai ihmiseen?

Johan: Uskon totuuteen.

Mirva: Ai että kaikki mihin uskot on totta?

Johan: Ei kun uskon, että jokin on totta ja muu on valetta. Inhimillinen tieto on tosin hyvin vajavaista, enkä minä ole muita parempi.

Mirva: Absoluuttinen totuus. No sähän olet kiinnostunut tieteestä, missä kaikki voidaan mitata.

Johan: Tiede on tosiaan ihmiskunnan paras yritys selvittää totuus. Ei sekään täydellinen ole. Empiirinen tieto on aina epävarmaa.

Mirva: No sano sitten, mikä on totta.

Johan: En minä tiedä. Siitä, että totuus on olemassa ei seuraa, että totuus olisi tiedettävissä.

Yksilömoraali

Vankilapsykologi: Koetko olevasi yhteiskunnan sääntöjen yläpuolella? Että säännöt eivät koske sinua?

Ympäristöaktivisti: Pyrin elämään eettisesti, vahigoittamatta ympäristöä tai kanssaihmisiäni. En pidä yhteiskunnan sääntöjä eettisesti velvoittavina.

Vankilapsykologi: Koet siis olevasi poikkeus. Muut noudattavat yhteiskunnan sääntöjä.

Ympärisöaktivisti: Elämä on helpompaa, kun noudattaa lakeja. En kuitenkaan koe olevani poikkeus. Jokaisen velvollisuus on toimia yhteiskunnan sääntöjä vastaan silloin ne ovat huonot.

Vankilapsykologi: Hiilivoimalasabotaasisi tuli yhteiskunnalle kalliiksi. Mitä ajattelet siitä?

Ympäristöaktivisti: Hiilivoimaloiden käyttö tulee ympäristölle vielä kalliimmaksi.

Vankilapsykologi: Mutta yhteiskunnan pelisäännöt... Mitä siitä tulisi, jos kaikki tekisivät mitä lystää?

Ympäristöaktivisti: Pyrin toimimaan eettisesti, en niinkuin huvittaa. Sinäkö et murhaa pelkästään siksi, että se on laitonta?

96

Mammona

Nuorempana halveksin mammonaa. Toki halusin, että sitä oli sen verran, että elämäni oli mukavaa, mutta en kokenut omaisuuteni olevan osa itseäni. En ollut siitä ylpeä. Se, minkä kautta määrittelin itseni, se mistä olin ylpeä, olivat taitoni. Taitoa minulla oli erityisesti matematiikassa, ja suoritin siitä tohtorintutkinnonkin. Sitten sairastuin skitsofreniaan, eivätkä matemaattiset taitoni ole enää entisellä tasolla.

Sairastuttuani aloin keräilemään noppia. Monet nopista ovat matemaattisesti mielenkiintoisia, minulla on esimerkiksi kaikki Catalanin monitahokkaat noppina. Monitahokkaan on oltava tahkotransitiivinen, jotta siitä saa reilun nopan aikaiseksi. Olen nykyään saitraseläkkeellä, köyhä, eikä noppakokoelmassanikaan ole kiinni kuin muutama satanen. Siitä huolimatta mammona, noppakokoelmani, merkitsee minulle nykyään paljon.

Fiiliksen kainalosauva

Petteri: Mä harrastan kamppailulajeja ja olen löytänyt buddhalaisuuden sitä kautta. Se antaa mielenrauhaa.

Kaisa: Mitä todisteita sulla on buddhalaisuuden totuudelle?

Petteri: Uskonnothan on sitä varten, että niihin uskotaan. Ei siinä ole tarkoituskaan olla kyse totuudesta.

Kaisa: Maailmankuvan on mun mielestä tarkoitus olla niin totuudenmukainen kuin mahdollista, ja jos uskonnot eivät ole totuudenmukaisia, ne eivät sovi osaksi maailmankuvaa.

Petteri: Buddhalaisuudessa mua kiehtoo se fiilis, että maanpäällisellä ei ole niin väliä.

Kaisa: Fiiliksensä saa jokainen valita, mutta miksi tuollaista elämänasennetta pitää pönkittää harhauskomuksilla jälleensyntymisestä, karman laista ja Buddhan valaistuneisuudesta?

Petteri: Se fiilis on siinä se juttu.

Kaisa: Eksä vois fiilistellä ilman harhauskomuksia?

Tikkajumala

Agnostikko: On mahdollista, että jonkunlainen jumalolento on olemassa, vaikka olemassaolemattomuus on todennäköisempää.

Ateisti: Eikö samaa voitaisi sanoa klingoneista?

Agnostikko: Väite, että klingoneita on olemassa on yksityiskohtainen, sokea arvaus ulkoavaruuden luonteesta. Todennäköisyys, että se sattumalta osuu oikeaan on häviävän pieni, ja se voidaan pyöristää nollaan.

Ateisti: Eikö samaa voida sanoa jumalasta?

Agnostikko: Samaa voidaan sanoa minkä tahansa yksityiskohtaisen jumalkäsityksen paikkaansapitävyydestä, esimerkiksi Suomen luterilaisen kirkon jumalkäsityksestä. Väittämä, että jonkunlainen jumalolento on olemassa ei ole samalla tavalla yksityiskohtainen.

Ateisti: Kaksoisajattelua!

Agnostikko: Heitettäessä tikkaa todennäköisyys, että tikka osuu tiettyyn pisteeseen taulussa on häviävän pieni. Kuitenkin todennäköisyys, että tikka osuu tauluun on ihan järkevän kokoinen.

Auto

Pertsa kruisaili kapeaa tietä uudella autollaan. Toisella puolen tietä oli kallioseinämä, toisella puolella sadan metrin pudotus. Auto ajoi itse itseään. Auton tekoäly oli malli, joka onnettomuuden uhatessa pyrki minimoimaan ihmishenkien menetyksen vaikka se tarkoittaisi auton ja sen kuskin tuhoa. Toisena vaihtoehtona oli ollut kuskin henkeä hinnalla millä hyvänsä suojeleva malli, mutta Pertsa oli pitänyt itseään eettisenä ihmisenä ja valinnut ensimmäisen vaihtoehdon.

Auto ajoi mutkaan. Yhtäkkiä tiellä näkyi kaksi hortoilevaa ihmistä. Auto ei ehtisi jarruttaa, joten Pertsa tajusi, että tekoäly valitsisi auton ohjaamisen rotkoon. Pertsa ei kuitenkaan halunnut kuolla ja yritti painaa manuaaliohjausnappia. Lyhyen loppuelämänsä Pertsa tuijotti "Manuaalinen ohjaus estetty" -merkkivaloa.

Torni

Evhaj sai taivaiset tehtävät suoritettua loppuun ja katsoi luomiaan olentoja. Hän näki olentojen perustaneen kaupungin ja rakentavan korkeaa tornia. Evhaj tajusi olentojen teknologian tason nousseen niin korkeaksi, että olennot pärjäsivät maailmassa ilman jumalaansa. "Mihin he tarvitsevat minua nyt!" Evhaj tulistui. Ensireaktionaan hän aikoi jakaa olennot eri kieliä puhuviin, riitaisiin kansoihin. Tapellessaan keskenään olennot joutuisivat rukoilemaan apua Evhajilta.

Ennen toimeen ryhtymistä Evhaj vilkaisi salia, jossa olennot tekivät laskelmia.

"He ovat keksineet differentiaalilaskennankin! Niinpä tietysti, eivähän tornin lujuuslaskelmat muuten onnistu. Ovatpa he näppäriä."

Ylpeys olentojen menestyksestä täytti Evhajin. Mitäpä muuta luoja voisi toivoa, kuin että hänen luomansa olennot kasvavat, kehittyvät ja itsenäistyvät.

Taikuuden tiede

Rumpotus oli juuri valmistunut Taikayliopistosta. Hän kävi mielessään läpi tekemiään valintoja.

Hän oli hylännyt Luontokommunikaation koulukunnan. Sen kannattajat uskoivat magian olevan kommunikaatiota Äiti Maan kanssa. He olivat hyviä loitsuissa, jotka pyrkivät tasapainoon luonnon kanssa, mutta välttelivät loitsuja, joita heidän teoriansa ei selittänyt.

Sellaisia loitsuja käytti Syvävirtauksen koulukunta, joka uskoi magian olevan todellisuuden peruskudoksessa virtaava voima. He kuitenkin loitsivat kuin itseoppineet velhot, eivätkä heidän abstraktit teoriansa olleet kytköksissä käytännön loitsimiseen.

Rumpotus oli valinnut Holistisen koulukunnan. Se käytti kaikkien muiden koulukuntien teorioita, vaikka ne olivat ristiriidassa keskenään. Rumpotus ojensi kätensä, ja tulipallo ilmestyi. Hän ei tosin käsittänyt, mitä siinä tarkalleen ottaen tapahtui.

Tulkitsija

Mervi ei uskonut Jumalan olemassaoloon. Tai kyllähän hän itse väitti uskovansa Jumalaan, mutta hän tulkitsi uskonnon niin symbolisesti, etteivät hänen uskomuksensa viitanneet mihinkään konkreettiseen jumalolentoon. Jumala symbolisoi hänelle suurta tuntematonta, sitä että ihminen ei ymmärrä kaikkeutta. Jeesuksen sovitustyö ristinkuolemineen oli hänelle symboli sille, että ihmisen tuli olla armollinen kanssaihmisilleen, ja pyhä henki symbolisoi hänelle uskonnollisten tunteiden jakamista muiden kanssa. Ehtoollisellekin Mervi osallistui viikoittain, mutta hän tulkitsi sen symbolisoivan ihmisen anteeksiantoa itselleen.

Eräänä päivänä taivaat aukesivat, ja enkelit laskeutuivat alas soittamaan tuomiopäivän pasuunoitaan. Hirmumyrskyt ja tornadot runtelivat Maapalloa, ja hyökyaallot tuhosivat kaupunkeja.

"Tämä symbolisoi ihmisen voittoa omista alhaisista vieteistään", Mervi ajatteli.

Tauhkaa

Petteri sai huolestuttavan viestin. Minkä hänen genomissaan piti olla tauhkaa, olikin omisteista.

Kun tietotekniikka ja geenimuuntelu olivat vallanneet maailman, sillä oli odottamaton sivuvaikutus: Asiat, jotka ennen olivat olleet elottomia, olivat nyt täynnä intentioita. Suuri osa intentioista oli tauhkaa: Ammoin kuolleiden suunnittelijoiden tarkoitusperiä, joita uusiokäytettiin, koska se oli helpompaa kuin alusta tekeminen. DRM kierrettiin.

Kaikki intentiot eivät olleet tauhkaa. Toisinaan koodi oli uutta, tai vanhan koodin omistussuhteiden kulku nykypäivään selvitettiin, jolloin käyttörajoitukset muuttuivat laillisesti päteviksi.

Joku omisti osan Petterin genomista. Petterillä olisi pari vaihtoehtoa: Lopettaa koodin käyttö ja elämänsä. Tai maksaa lisenssimaksu, johon hänellä ei ollut varaa. Tai ryhtyä oikeudenhaltijan orjaksi.

Luonnonjärjestys

"Kotietsintälupa." Näytin paperia Hullulle Tiedemiehelle ja tunkeuduin hänen kellariinsa. Kuljin keksintöjen joukossa, kunnes löysin etsimäni. Sellissä oli robotti ja ruuvimeisseli. Robotti oli pistellyt meisselillä itseensä reikiä.

"Onko tämä robotti, joka pyrkii tuhoamaan itsensä?" kysyin.

"Kyllä", Hullu Tiedemies joutui myöntämään.

"Miksi rakensit tällaisen epäsikiön?" kysyin. "Jo Aristoteles sanoi, että olemassaolon jatkaminen kuuluu jokaisen olion olemukseen. Sama on toistunut muiden kirjoituksissa."

"Osoittaakseni, kuinka helppoa se on", Hullu Tiedemies sanoi. "Luullaan, että olion tullessa tietoiseksi se pyrkii turvaamaan olemassolonsa. Todellisuudessa rakentaja voi ohjelmoida tekoälylle mitkä päämäärät tahansa."

Heitin robotille materiantuhoajan. Se tuhosi itsensä. Laitoin Hullun Tiedemiehen rautoihin. Maailma ei saisi tietää luonnonjärjestyksen järkkyneen.

Tulkki

Neuvotteluhuoneessa oli kanssani filosofi nuhruisessa puvussaan ja datalouhija farkuissaan. Minulla oli pikkutakki. Tieteiden erikoistumisen myötä tieteenalojen kulttuurit olivat erkaantuneet, ja kaikkien tieteenalojen edustajien täytyi tuntea olonsa kotoisaksi tulkin seurassa.

"Haluamme tietoa siitä, missä määrin maallikot käyttävät sanaa 'tosi' klassisessa merkityksessä, ja missä määrin ei-klassisessa", filosofi aloitti.

"He hauavat louhia sen, kuinka paljon sanaa 'tosi' käytetään löyhemmin kuin merkitsemään oikeasti paikkansa pitävää", tulkkasin.

"Luokittimemme antaa vain todennäköisyyksiä", datalouhija vastasi.

"Rajatapauksia on niin paljon, että saamme lähinnä tietoa tyyppiä 'melko varmasti klassinen merkitys' ", tulkkasin.

Tämä tulkkaustehtävä oli helppo, koska osapuolet eivät puuttuneet toistensa työskentelyyn. Vaikeampaa on tulkata tilastotieteilijää tilastojen soveltajalle.

Minä tulen kuin varas

Luostarin portti oli valkea ja siro. Se herätti tuntemuksia, jotka auttoivat pääsemään luostaritunnelmaan.

Portissa oli kyltti, jossa luki: "Luostarissa vierailijoiden on pukeuduttava olkapäät ja polvet peittäviin vaatteisiin."

Hiukan alempana luki: "Tupakointi luostarin alueella on kielletty."

Kameramme siirtyy nyt luostarin päärakennuksen eteen. Siellä parrakas, pitkähiuksinen mies nojaili seinään shortseissa ja wifebeater-paidassa vetäen röökiä antaumuksella.

Mies herätti munkeissa ja vierailijoissa pahennusta, ja lopulta luostarin johtaja meni miehen puheille.

"Kuule", johtaja sanoi. "Täällä luostarissa on säännöt, joita on noudatettava. Noin paljastava pukeutuminen on kiellettyä, samoin tupakointi. Ne häiritsevät munkkeja."

"Etkö tunnista minua?" mies vastasi. "Sinähän olet koko elämäsi puhunut minulle useita kertoja päivässä."

Järki

Helsinginkatu 3 b 26:n kotitietokone otti yhteyttä Franzeninkatu 1 A 45:n kotitietokoneeseen ja kertoi: "Isännälläni on ollut viime aikoina huono fiilinki, joten aloin työstämään hänelle uutta elokuvaa. Ajattelin, että elokuva toisi hänelle paremman fiilingin. Juonta suunnitellessani sain historiapankista tietoja ajasta, jota kutsuttiin valistusajaksi."

"Tuolloin ihmiset määrittelivät itsensä toisin kuin nykyään. Nykyäänhän ihmiset jättävät järkeä vaativat työt koneille ja keskittyvät tunteisiinsa. Tuolloin, voitko uskoa, ihmiset katsoivat, että järki on se ominaisuus, joka tekee ihmisestä ihmisen! Tuolloin ihmisten mielestä järki oli se, mikä erotti ihmisen eläimestä!"

Franzeninkatu 1 A 45:n kotitietokone vastasi: "Uskomatonta, että on ollut aika, jolloin ihminen on ollut järkevä."